Serena Liu

Serena Liu

Serena Liu

Serena Liu

1+1>2
劉真的
幸福追愛記

Serena Liu——劉真 著

從國標女王到幸福人妻、甜美媽咪，一種持續美麗的節奏

Contents

自序

這兩年，是我人生變化最大的時刻，我從一個單身都會女子，一個大家熟悉的老師、藝人，走入家庭，並且成為一個母親。

寫這篇序的同時，已經是半夜 12 點多，等寶寶熟睡了，媽咪才有自己的時間，原來我也會有今天！

真的從來沒有想過自己會結婚，而且當了媽咪！很長一段時間，我都是工作狂：通告、錄影、教課、排舞、表演……我習慣這樣緊湊的行程，即使沒有工作的時候，也喜歡把一整天的時間排滿，做臉、

弄指甲、按摩……但這樣的生活好像已經離我很遙遠了！

以前每天晚上踩著教室的木質地板教舞，現在是在地墊上陪著寶貝女兒玩耍，此刻霓霓已經 9 個多月了，正是對周遭環境超級好奇的時候，陪她堆積木、玩布書或是躲貓貓，是現在每天生活的日常，如此平凡，卻又如此幸福。

我想，這就是上天給我的功課，讓我在生命的這個階段，學習放慢速度，學習如何當一個妻子和母親。這個過程，這些點滴，就是我的「幸福追愛記」！

之前出書幾乎都是教大家如何變瘦變美，技術層面著墨比較多，這本書，除了孕期保養、育兒經驗和產後瘦身之外，還分享了許多我心態上的轉變和成為媽咪的心情感受。這段變化最大的時期，要感激的人真的很多，謝謝中山醫院的黎惠波醫師和護士小姐們、月子中心親切的護理人員、我的月嫂、幫我綁肚子的李阿姨（很神奇，生完一定要綁，書中有分享），還有一直陪伴著我、給我力量的老公，即使我有許多不完美，還是不停稱讚我鼓勵我，並且讓我做自己；當然，還有我的心肝寶貝霓霓，謝謝妳來到這個世界上，做我的女兒，讓我學會怎麼做一個母親，讓我更深切地體會愛的力量。

或許因為學舞的關係，任何時刻、任何狀態，我都希望抓到生活的節奏——一個人的生活，是獨舞的節奏；兩個人和三個人的生活，是群舞的進退節奏；不論在任何狀態，都希望自己可以自信從容地踏出每一步，在生活中，優雅地舞動！而這當中當然一定會有挫折，就像跳舞難免會踩到舞伴或是跳錯步伐，只要記得：愛是唯一的答案，就一定可以再找回原來的律動和節奏！

當然，「愛」不是只有愛對方，還有愛自己。從愛出發吧！持續在音樂中，美麗地翩翩起舞！

1+1 大於 2，我生命中最美好的這首舞曲，希望你會喜歡。

劉真

chapter

01.

小心踩踏，第一段舞步

我相信爸拔、媽麻充滿愛的聲音是可以穿越肚皮的隔閡傳給寶寶的，

我最常摸著肚子跟霓霓說：

「媽麻好愛妳呀，妳要健健康康長大唷！」

禮服／方國強 Khieng Atelier　鞋／Stuart Weitzman

驗孕棒上的
粉紅心情

球蘭開花，預告好事

提到孕事前，有一件很奇妙的事想跟大家分享。媽媽 2007 年退休時，
同事送給她一株植物，拿回來種在我娘家的陽台。它有綠綠的葉子，
長得有些奇特，我一直不曉得它是什麼，看起來就像萬年青或馬拉
巴栗一樣的常綠植物。

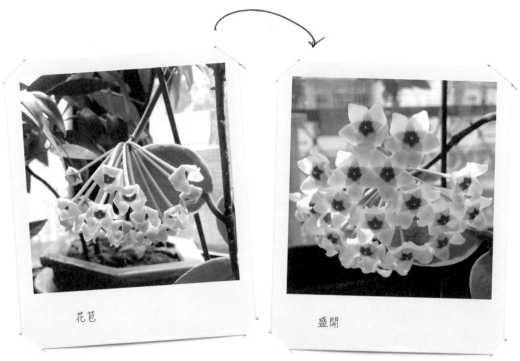

花苞

盛開

原來小星星只是花苞，真正的球蘭開花，
花蕾、花蕊和花瓣都是五星形狀喔！

來到我家的 7 年間，它從沒有開過花，所以我和家人都以為它是一棵不會開花的植物，沒想到，2014 年春天，它竟然開出了粉色小花，長得就像天空中的小星星，玲瓏可愛，泛著粉粉的色澤，我當時還興奮地拍下照片，放到我的粉絲團分享。

當時有網友留言告訴我，那是花苞而已，它還沒真正開花唷！原來

那株植物叫「球蘭」，不開花時四季葉子都是翠綠的，也很好看。

就在網友說那一簇小星星只是花苞之後幾天，它竟然「啵」、「啵」、「啵」地斷斷續續開出了花朵！在小星星花苞之後，球蘭花綻放的樣子好美，花蕾、花蕊和花瓣都是五星形狀，花蕾是粉紫色，花蕊是粉色，花瓣則是淺粉紅，美得我和家人都讚嘆不已！之前曾在命理節目上看到老師說，久樹不開花，一開就有吉兆，而那年，我剛好結婚了……

後來，2015 年的春天，娘家的球蘭又再度開花，我隱隱覺得好像會有好事發生，果然，6 月我就發現自己懷孕了！這神奇得很難解釋，我相信天地萬物都有磁場，會互相牽引。植物也有靈氣，是不是呢？

我覺得我非常幸運，也很感恩，我的生命裡，沒有非常多的艱難，就擁有了我的寶貝霓霓！但我也想跟一些正在努力中的準媽咪們說，別灰心，多多鼓勵自己，宇宙一定是想要給妳一個最棒的小孩，靜心等待，相信會有屬於妳的緣分到來的！

當媽媽之前

現在想想，我依然覺得霓霓來到我的生命，真是一件很奧妙的事！

看她燦爛的笑容、睡著時甜甜的模樣、發展得很好的肢體，都覺得神奇，心想，哇！我怎麼會生出一個可愛寶寶！如果這世界有一個事物，能讓我放棄所有，拋下一切，那就是我的心肝寶貝霓霓了。為了她，我可以什麼都不要呀！

這樣的心情是我始料未及的，在還沒有遇到我老公以前，我從沒有想過自己會成為一個媽媽，甚至，我也沒想過我會結婚呢！那時，常有人問我：「會不會想生小孩？」我都抱著隨緣的態度。許多女生對於結婚生子懷著憧憬與夢幻，但是我似乎不是那樣的女生。

在我年紀還很小的時候，曾經認為我會在 25 歲結婚，26 歲當媽媽，不知道為什麼，毫無根據地，我那時就是這樣覺得。然而，當我過了 25、26 歲，到了 29、30 歲的時候，我開始覺得，咦，我可能不會結婚耶！因為我發現我是一個非常愛自己的人，我喜歡追求夢想

的實現，舞蹈的成就，我也為了自己而打扮、而美麗。

換個方式說，我是一個很專注在追求自己的人，在自我實現的過程裡，我過得很好，很快樂。工作時，我享受當下；休假時，我一個人旅行。我，是一個很完整的個體，不需要走入婚姻，或靠一個男人來愛我，來證明我的價值。

我覺得我也許就這樣單身一輩子了，因為，我很快樂呀！

在城市與城市之間，馬不停蹄；
只有家，是永遠的、不變的溫暖存在。
On my way home ~

那就努力看看吧！

但遇到老公後，我的想法改變了！他是一個非常喜歡小孩的人，成為他的妻子，因為愛他，我也想完成他當爸爸的願望，而且，如果有了小孩，也會更有家的感覺，和老公討論之後決定，那我們就「順其自然」地努力看看吧！

不過，2014 年結婚之後，我還一直持續在工作，除了教課、表演、出席活動、電視節目通告，每星期還擔任東方衛視的《與星共舞》導師，忙得不可開交，所以生子計畫一直沒有付諸行動。一直到 2015 年的 3 月，驚覺此事不可再蹉跎，畢竟年紀也已經邁向大齡，才開始認真執行生子計畫，調整生活步調，調養身體，轉換心情。

因為腸胃比較寒的關係，我平時就不愛吃生冷類的食物，像是屬性比較寒的瓜類，或生魚片這類的生食，在準備懷孕的期間更是將這些生冷食物排除在外，同時，我也盡量不吃冰，剛拿出冰箱的東西我會先放一下再吃。所以在準備懷孕時，我更是特別注意飲食方面，不吃可能會讓血液循環和代謝變差的生冷食物。

我在準備懷孕時已經 40 歲，是個大齡女生，在身體的客觀條件上可能不如 2、30 歲的時候，這增加了受孕的困難，所以我更注意心情的輕鬆平靜，我深信，好心情可以增加懷孕的機會。

幸運的是，老公對我呵護有加，努力讓我快樂，愜意享受生活。這期間，我們還放下緊張的工作，到日本度假了幾天，希望能對孕事有所幫助。

2015 夫妻日本旅遊

此外，對於努力想擁有寶寶的準媽咪來說，一個懷孕計畫當然少不了記錄自己的排卵期，來為成功受孕做好充足的準備。提醒有計畫的媽咪，假如月經週期是 28 天（月經週期是從月經的第 1 天到下次月經來的第 1 天），排卵期大約在第 14 天左右，排卵前後的 3 ～ 5 天內就是容易受孕期。

如果覺得用筆記錄很麻煩，現在智慧型手機很方便，可以記錄生理期的 APP，就是妳的排卵期小秘書！

謝謝菩薩

我的生理期一向很準，從日本回來幾週後，生理期沒有來，我心裡隱隱感覺——好像……有可能唷！

大部分準備懷孕的女生都會在家裡準備驗孕棒，而且一次絕不會只買一支，會買好幾支不同牌子備著，我當然也是（笑）。那天，我一個人在家，覺得好像有那種好預感，懷著忐忑的心拿出一支驗孕棒，慎重其事地測看看，結果，是兩條線！我瞪大眼睛，但是很鎮定喔，沒有尖叫或什麼的，心想，應該是真的吧？

接著我用另一支不同品牌的驗孕棒再測一次，仍然是兩條線，心裡好激動，等著老公回家，告訴他這個好消息。

我永遠不會忘記那時，老公回到家，我告訴他兩條線的驚喜，我們看著彼此，眼裡好像都有千萬句感動的話想要說，他超級超級開心，一直笑，一直笑，笑著笑著還流下了眼淚——

對，他哭了……

我老公是個感性又孝順的人，我公婆早已不在，他馬上到家中佛堂
點香跟爸爸媽媽說這個好消息，讓他們知道，我們即將步入新的人
生階段。我和老公有共同的信仰，信仰幫助我們相知相惜，珍愛彼
此，我們也在佛堂謝謝菩薩，感恩菩薩賜給我們的安排。

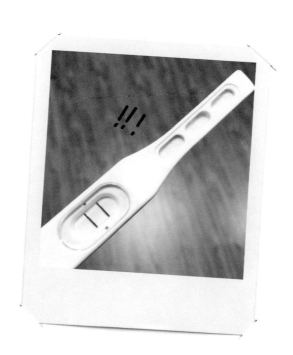

兩條線與兩行淚的感動時刻

小心踩踏的
第一段舞步

領到夢幻的媽媽手冊

終於得到好消息，在兩條線和兩行淚的感動之後，就是一連串的忐忑心情了。

剛開始，一切都好沒有真實感，產檢時醫生習慣用百分比來說明寶寶留下來的機率，一知道懷孕時寶寶已經 6 週大，雖然可以照出她的心跳，但醫生行事比較嚴謹，我又是高齡產婦，百分比是個很保

留的數字，聽起來好令人緊張喔！

到 8 週時，百分比又增加了一點，可能 80 ～ 90%，但依然還是個好懵懂的數據，很難將它跟一個嶄新的生命連結起來。一直到妊娠滿 12 週，穩定到存活率 95%，才終於領到夢幻的媽媽手冊，哇，這一刻開始一切都好不一樣！之前寶寶只是醫生口中的百分比，到這個時候，才真真實實覺得有個寶寶在我的肚子裡，正安全地長大！

不過前 3 個月也不是毫無波折，當媽麻的第一關我就有點卡關了。那時一驗出懷孕，大約是 6 週，我守著未滿 3 個月不能公佈的習俗，自認狀態也還 OK，又不想放棄最愛的舞蹈教學，所以工作沒有喊停地繼續教舞。不料有天竟然發現有一點點出血，嚇壞我了，馬上找醫生報到。

幸好是虛驚一場，醫生開給我黃體素，就可以回家休息，真的好感謝我的主治醫生——中山醫院的黎惠波醫師，非常有耐心，也很細心安撫我這個容易受到驚嚇的高齡產婦。

因為這個小插曲，老公也下令，要我別再教課，好好在家休息。我老公是那麼愛小孩的人，想想還真不該讓他擔心，所以，原先一個

星期有 6 ～ 8 堂的課，就這樣先暫停了。

剛開始好不習慣，以前每天旋轉、跳躍、下腰、伸展，運動量那麼大的我，一下子工作和興趣全都停擺，渾身都覺得不對勁，所以到了原本上課的時間，我忍不住就會起身，身體畫個 8，四肢簡單地伸展一下，過過運動的癮，殊不知我正在做一件很危險的事！

懷孕後第一次哭哭

寶寶 5 個月時，黎醫師安排我照高層次超音波，技師是一位很有經驗的婆婆，她可是全台領第一號超音波執照的技師，聽說許多其他地方檢查不出來狀況，在技師婆婆的把持下都無所遁形，是業界第一把交椅。

技師婆婆好仔細，那天整整照了將近 2 小時，寶寶的手腳、五官、心臟、動脈……等等都很 OK，本來都放心了，沒想到婆婆說：「妳的胎盤跟子宮壁有一點剝離的情形喔！」胎盤剝離？這聽起來很嚴重耶，寶寶靠胎盤吸收營養，如果剝離，就吸收不到養分，我好像

被雷打中一樣震驚，怎麼會這樣？

技師婆婆問我是不是常做提手臂往上拉的伸展動作，我是啊，我不但有做，而且我的動作一定要到位才會舒服，所以我拉好高、拉好滿，天啊，就是這個動作害的嗎？

技師婆婆要我別再做這種伸展了，胎盤目前只是輕微剝離的情況，如果再持續下去就會對寶寶不好了。原來我以為「沒什麼」的動作，是很不適合孕婦的。回想起來，長輩在得知女生懷孕時，總是會不斷叮嚀，別拿高的東西，別搬東西，別做大動作，其實都有理由的，別拿高處的東西就是怕妳會伸展得太超過。我越想越自責，我的寶寶那麼乖，沒有讓我害喜，也沒有讓我吃苦，而我卻是那麼自私，在做動作之前完全沒有考慮到她。我又自責，又害怕，忍不住哭了，這是我懷孕第一次哭哭，好難過。

我打給黎醫師，聽到黎醫師的說明才安心了一些，黎醫師說如果是高層次超音波照到微微剝離的情形，不用緊張，好好休息，如果妊娠期間有看到出血，再過去讓他檢查，黎醫師還笑說，那位技師婆婆因為檢查非常仔細、嚴謹，嚇哭好多位準媽媽呢！我則是非常謝謝技師婆婆，提醒了我要注意平時的動作，讓我知道不能上拉手臂。

不過還是想提醒各位準媽媽，懷孕可以做的運動因人而異，有完全不能行動、必須臥床的孕婦，但也有孕婦挺著肚子還在走跑步機，記得，在做任何運動之前都要先問過醫生喔！

姐妹淘互相打氣

經歷了輕微胎盤剝離的震撼教育，我開始懂得靜下來享受孕婦生活，睡到自然醒，追劇，唸書，到公園散步，天熱時到百貨公司吹吹冷氣，偶爾和姐妹們下午茶。

正好幾個好朋友，海茵（主播陳海茵）、蕾蕾（林熙蕾）都是高齡懷孕的媽媽，和她們聊天有共同的話題，我也在和她們的交流裡學到好多，從如何安然度過孕期、分享保養心得，到月子中心去哪找，她們都是我的最佳諮詢對象，在心情上覺得不孤單，發現有同伴的感覺真好呀！

懷孕時我最喜歡做的一件事是去洗頭，隨著肚子越來越隆起，在家裡自己洗頭也變得不方便，去給人洗頭，變成一件放鬆又享受的事

情，洗完精神和心情都好好。

快樂的媽媽才會生出快樂的寶寶，所以能讓我開心的事，我都會適度地去做，像是喝微量的咖啡。其實一知道懷孕後我就在心中戒了咖啡，不過醫生說沒關係，只要不要過量，一天最多一杯就好，所以滿 3 個月後，偶爾有工作時，我就會喝上幾口，而且選擇加很多牛奶的拿鐵或焦糖瑪其朵，有嚐到咖啡味，又有甜甜的滋味，好療癒！

媽媽有好心情真的好重要，絕不要放棄讓妳感到療癒的事物，就好比如果妳喜歡吃麻辣鍋，懷孕後就都不吃，不是很痛苦嗎？雖說刺激性的食物應少吃，但如果準媽媽真的愛吃辣，還是可以吃一點，要讓自己的需求被滿足！

媽媽的心情對寶寶的性格有很大的影響，我一直希望我的寶寶是個很穩定的小孩，所以她在肚子裡時，我就告訴自己要盡量保持心情的穩定，幸好我也很幸運，在老公的呵護下度過孕期的每一天。我有個準媽媽朋友，在孕程裡知道先生有了外遇，心情大受打擊，一直哭一直哭，後來寶寶出生後，有點自閉的傾向，她好傷心。媽媽一定要加油，在孕期更要學會緩解壓力，讓自己安定、堅強。

寶寶加油　快快長大

懷孕後期，我因為一個問題很困擾，那就是寶寶的大小。一直到逼近生產時，寶寶的體重都還是好輕，我記得最後一次產檢她只有2300克左右，好小一隻，技師婆婆因此建議我可以多吃牛肉。

其實大約在5、6年前，為了幫家裡的小狗祈福，我便跟觀世音菩薩約定10年不吃牛肉。但是聽到技師婆婆的建議，為了寶寶能健康長大，我又請求菩薩暫時讓我吃吃牛肉吧！

可是，都特別破戒吃了牛肉，寶寶體重還是沒有進展，好令人焦慮！

雖然醫生說只要足月生產，寶寶健康無虞，就不用擔心。但一般而言寶寶出生前的標準重量大約是 2600 ～ 3500 克，我連低標都沒有過，即使醫生說不用擔心，但身為媽媽就是會煩惱，要是體重過輕要住進保溫箱，那寶寶就太辛苦了。

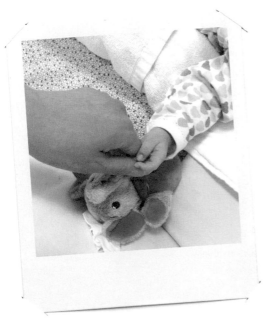

後來才知道，每個人的胎盤營養程度有點不同，我的胎盤可能營養不夠豐富，帶來的養分沒那麼豐沛，所以測得的重量老是比標準值少了 300 ～ 500 克。而且，每一胎的營養也可能不同，我問了媽媽，她說我出生時是 2600 克，而弟弟卻是 3700 克的大號寶寶呢！後來，霓霓出生時體重大約是 2400 多克，雖然還是在標準值以下，但是她足月生產，所以不用住保溫箱，呼～

從高跟鞋到平底鞋

穿平底鞋也很美

大家都知道我是個愛美的女生，喜歡穿高跟鞋，喜歡讓自己美美的，可是懷孕就是和這些短暫告別的時候。隨著肚子漸漸隆起，皮膚也不再像以前一樣白皙滑嫩，一開始是脖子皮膚變得粗糙，再來是腋下變得暗沉，然後下腹的妊娠中線也越來越明顯，我向來最自豪的雪白肌漸漸不那麼明亮，剛開始還不太能適應，不過想到這些都是我的心肝寶貝來到世上的代價，值得！

我和高跟鞋的甜蜜時光

高跟鞋也不像想像中那麼難割捨，從開始工作以來我就習慣穿高跟鞋，好喜歡穿上高跟鞋那種戰鬥、昂揚的氣勢，但自從懷孕 3 個月後，我馬上換穿平底鞋，除了偶爾因為工作才穿高跟鞋，否則都是一路平底鞋到底。我人生裡從來沒有離高跟鞋這麼遙遠，正好近幾年也很流行平底鞋，有好多漂亮美鞋，我也算是無痛轉換，沒有不適應。

但是我還是很愛高跟鞋啦！偷偷說，我在家時曾經忍不住誘惑，拿出那些寶貝們在鏡子前試穿，過過癮，穿完再乖乖放回去。很詭異的行為吧？呵呵，過兩個星期，我又覺得，天啊，我好想念我的高跟鞋喔！於是我又把他們拿出來，細細欣賞，輪流穿上，在鏡子前擺擺 pose，自己玩得好開心，然後滿足地放回鞋櫃，期待卸貨後就可以跟它們長相左右。

適應慢慢來的人生

對我來說，不管是換下高跟鞋或是身型上的改變，都不是挑戰，我最不能適應的是什麼事都變得要慢慢來。首先是動作要放慢，我因為學舞的關係，平常習慣蹦蹦跳跳，肢體很靈活，在家整理家務，站高拿東西、掛衣服、吊衣服，上上下下的，都非常俐落。如果有東西掉了，我也不是那種會說「老公，你幫我撿」的人，我真心覺得自己來比較快呀！

但是我是個大齡產婦，除了醫生一直叮嚀不要太活潑之外，每當我動作很快，「咻！」地伸手往遠處拿一下東西，旁邊的人就會激動

大叫：「妳幹嘛！」、「妳要慢慢來！」有時我都覺得孕婦如果有
狀況可能都是被旁邊的人嚇到的，大家都比孕婦本人還緊張耶！不
過我也因此收斂了自己這種如脫兔般的大動作，那就學習更慢一些
些吧！

再來是生活步調也要放慢，以前，我永遠都急急忙忙的，從一個行
程趕到下一個行程，每天往外跑，教課、通告、比賽、出國，就連
出國回來，我也是從機場直接拖著行李箱到舞蹈教室，不錯過學生
們的任何一堂課。

懷孕以後，一方面是因為之前的小出血，一方面也是我的舞蹈課在
時間上太長，在動作上太大，醫師說不適合繼續教學，所以全部喊
停。我變得多出好多時間，無聊地做了許多不曾做過的事，像我這
輩子從沒追過劇，看電視也總是沒有耐心地一直轉台、無法定在一
個頻道，但孕期裡我卻看了好多劇，先看瑯琊榜，再追芈月傳，這
些都是人生難得的體驗。後來想想，這應該是寶寶要教我的事，教
我學會調整節奏，教我要慢活。

生活節奏調整了，我猜可能再加上懷孕後的荷爾蒙改變吧，我自己
覺得自己變得好 peace，以前那種想要去戰鬥，在比賽時站上場就

油然而生的企圖心，全因為懷孕的關係改變了，整個人與世無爭，這是從來沒有過的感覺。寶寶還沒出生就改變媽麻了，好神奇的力量啊！

我和平底鞋的快樂時光

Chapter 1.

再懶也不能
蹺的保養課

媽麻別放棄追求美麗

我原本就很注重保養，懷孕後休工在家，有更多時間可以照顧自己，
我都覺得孕期應該是我這輩子最認真保養的時間了，因為真的很閒
呀，呵呵！

不止是很閒的關係啦，也很必須，因為，懷孕後皮膚就漸漸浮現以
前從沒見過的紋路，剛看到時好想踩腳喔，這是我嗎？原本我一直

以皮膚為傲，白白的、滑滑的，我老公也最喜歡摸我的皮膚，有了寶寶後卻不復明亮滑嫩。看了書知道這是因為荷爾蒙作祟，生完兩個月後就會開始慢慢回復，但我還是想 keep 住肌膚美好的狀態，很勤於保養。

懷孕之後最害怕的一件事非妊娠紋莫屬，建議孕媽媽們一定要擦按摩油，我懷孕 3 個月後就開始擦。初期肚子比較小，一天擦 1 次，6 個月後我一天會擦上 2 ～ 3 次，洗完澡和早上起床時擦，隨時有空檔會再擦一次。

姐妹們推薦我用的 WELEDA 薇蕾德孕媽咪美腹按摩油，它的味道很淡，聞起來舒服。帶來滋潤又不會黏黏的，質地也容易吸收，延展性很好，讓肚子不會有被快速撐大的那種乾燥不適；而且成分單純，又是天然認證的產品，特別安心！重點是香味，其實我以前很喜歡用香水，但懷孕以後反而不喜歡太香的氣味，最好是無味，或淡淡的香，不給人強烈感覺的最怡人，寶寶也喜歡唷！

在擦按摩油時對肚子要很溫柔，懷孕後期我會邊擦邊和寶寶說說話，好像我和寶寶專屬的私密時間。手勢的話，以肚臍為中心，往外輕輕畫圈圈，然後延伸到臀部、後腰、大腿和小腿，以及關節的部位，關節本來就是容易粗糙的地方，一定要顧到，而孕期時大腿也會變胖變粗，不能省略保養。

有些朋友擦到後腰時比較沒有辦法到位，會請先生幫忙擦，但我很靈活，自己就可以完成全套保養囉！而這麼用心的成果就是──將將！產後妊娠紋沒有找上我，呵！

顧到了肚子的肌膚，我也沒有荒廢臉部皮膚的保養，雖然說懷孕那段時間大部分都在家，不用工作也沒怎麼在化妝，幾乎每天大素顏，我還是非常注重卸妝、洗臉這個固定的程序，就算沒化妝也要做好徹底清潔！

市面上的卸妝產品很多，光型態就有凝膠、乳液、油……等等，每人喜歡的也不同，有的姊妹喜歡清爽的膠狀，有人就喜歡用潔顏油。我比較少用油類，總覺得黏膩不舒服，幸好姊妹推薦我用 Grace Program 臻美逆齡系列，我一試就愛上！比起卸妝油或霜用過之後很油膩，用洗面乳也清不掉的油感，它的卸妝晶露用起來清爽不油膩，是一種很舒服的感受，而且沖完水也不會有澀澀的感覺。

卸完妝，洗臉也不能馬虎，同系列潔顏乳霜的泡泡則是綿密到非常厚實，輕鬆就能洗出很透亮的感覺，毛孔好像都在深呼吸。重點是用量很省，只要半個小指頭的指節那麼小的量在手上搓揉就可以有好多泡泡，可以順利延展到全臉，也可以搭配起泡網，泡泡更多更綿，好享受喔！

我平常沒有特別喜歡玫瑰的味道，尤其市面上很多玫瑰產品味道都太嗆太重了，像是加了香精，但 Grace Program 系列的玫瑰香氛聞起來特別不一樣，我覺得非常怡人，仔細研究了一下，原來使用的是頂級大馬士革玫瑰，難怪香味很淡很優雅，讓我覺得洗臉不是每天的必做功課，而是一件很享受的事呢！

孕媽咪愛按摩

懷孕四個月開始，我一個星期會做一次孕婦專屬按摩，當然，這有問過醫生，在醫師的許可下才放心去的。懷孕的前三個月最好不要按摩，第四個月後狀況比較穩定，問過醫師如果情況 OK 就可以去囉！不過一定要找專門做孕婦按摩的，因為按孕婦跟按一般人是不

同的專業，按摩的部位和選擇的精油都要針對孕婦去做調整。

孕前我本來就在菲夢絲做定期保養，所以孕婦按摩也選擇在那裡做。懷孕以後循環變差，他們會幫我按手臂、腳啊這些容易水腫的地方，同時也避掉那些不能按的部位，搭配專門幫孕婦調配的芳香精油，不但舒服，也舒緩了孕期中容易腰痠背痛或是各種不適的狀況。

我以前運動量大，原本是個很好睡的人，幾乎是「咚！」地躺下就會馬上睡著；懷孕的時候不能跳舞，少了勞動，精力沒有消耗掉，又挺著肚子，就是不好睡，就算抱著孕婦專用香蕉枕也還是睡不好，尤其是後期，又容易頻尿，睡眠變成讓我好不舒服的時間，但是每次按摩完，身心都放鬆，當天都特別好睡呢！

所以呢，又是那句老話：讓自己開心，寶寶才會健康。身為媽媽，我們以後還要陪伴小孩長大，共度許許多多的歡樂時光，和她一起拍照，陪她一起逛街，如果放棄自己的「美形」，不是很可惜嗎？我想要未來和霓霓在一起的時光都是美麗而健康的，所以我不管在外表上、在心理上，都很認真地想成為一位開心愉快的媽媽。

也希望，所有的媽媽們都能共勉之唷！

多多散步對孕婦來說是很重要的日常運動喔！

肚子裡的
霓霓小學堂

喜歡和肚子裡的她聊聊天

我相信爸拔、媽麻充滿愛的聲音是可以穿越肚皮的隔閡傳給寶寶的，所以我懷孕時很喜歡跟霓霓說話，而且我原本說話就很慢，跟她說話時，更是一字一字都說得更清楚、也更慢。

我最常摸著肚子跟霓霓說：「媽麻好愛妳呀，妳要健健康康長大唷！」讓她時時都能感受媽麻的愛。

有些媽媽會煩惱不知道該對還沒出生的寶寶說什麼，但我覺得題材很多耶！我會把我正在做的事、看到的東西都告訴霓霓，比如當天要拍照，我就會跟她說：「今天媽麻要帶妳拍照喔，妳看妳，這～麼厲害，在媽麻的肚子裡就已經可以留下紀錄，所以妳要乖乖的喔！」

如果是參加公益活動，我也會告訴她，大概是什麼樣的活動，要關懷的主題是什麼，用一種很理性而帶有溫柔的音調，她當然不會知道什麼是公益活動，但她可以感受到媽麻跟她溝通時那種理性與平和。

我也相信，當她真正來到這個世界，遇到相同的情境時，會喚起她記憶裡那個遙遠的感覺，這樣她的感受會比別人更強烈，可能也會對學習有幫助。

話說回來，寶寶在媽媽肚子裡被孕育著，最早接觸的聲音就是媽媽的心跳、脈搏和身體的共鳴，她從心跳的頻率就可以感受到媽媽的心情，快樂、不安、生氣……都會直接傳達給她，我希望她未來是個在情緒上很穩定的小孩，所以，當她還在肚子裡，小學堂第一課就是感受媽麻的溫柔，個性 peace 一點！

咚咚咚！肚子裡跳森巴

我家爸拔也很重視霓霓在肚子裡接收的資訊，比如新聞台有些打打
殺殺，或其他不好的負面新聞，就會要我別看。記得書上說，5、6
個月以後，寶寶就會選擇資訊了，當她接收到快樂的訊息時，會打
開視丘，接收喜歡的資訊；相反的，遇到不愉快的訊息時，就會關
閉視丘。這麼說來，如果經常給寶寶不開心的資訊，她就會變成一
個不肯接受訊息、拒絕理解語言的小孩。

那時我最常看舞蹈比賽的 DVD，欣賞世界級冠軍的頂尖表演，讓霓
霓耳濡目染賞心悅目的藝術。我也聽我很喜歡的華爾滋和森巴，很
神奇喔，每回只要聽到森巴「咚！咚！咚！」的節奏，霓霓就會以
胎動回應我，感覺她好喜歡節奏強烈、熱情動感的森巴舞，而母女
間這種親密的交流，真的非常神奇耶！

我平常就喜歡聽迪士尼的音樂，所以懷孕時也很常聽，像小美人魚、
美女與野獸，旋律很悅耳，寓意也蠻正面的，一直到霓霓出生後，
我還是都給她聽這些。不過，說到音樂胎教，最重要的，當然就是
聽超專業的爸拔唱歌囉！

霓霓還在肚子裡時，我老公就很常唱一些喜愛的英文老歌給她聽。我記得，她剛出生沒多久，在月子中心育嬰室的時候，護士小姐跟我說，霓霓哭哭的時候，她就用手機播放爸拔的音樂給她聽，她竟然就不哭了，然後安靜睡著。可能她在肚子裡就常聽爸拔唱歌，對爸拔的聲音很熟悉，聽著就安心了吧！

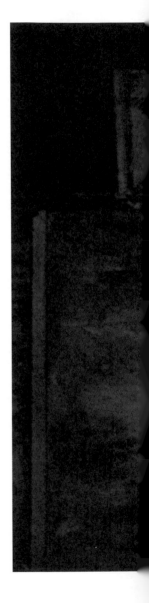

chapter
02.

閉關，為了美麗重生

以前都聽人家說，坐月子是女人一生最重要的轉機，
做得好的話可以回復青春，還可以改善身體機能的弱項，
沒想到，我也成為這項傳說的見證者！

當了媽媽，
更要好好愛自己

與霓霓的第一類接觸

懷孕的時候知道自己即將成為一個媽媽，寶寶也確實在我肚子裡，但那時身上其實還沒感覺到那麼強烈的母愛，只是覺得新奇，有一個新生命在我體內的那種新鮮感，不像老公，一知道我懷孕，他就非常非常興奮。

直到霓霓生出來，被抱到我身邊，我看到她本人，才真的有「我當

媽媽了！」的激動，我怎麼會有自己的小孩？這真的太奇妙了，這是我的小孩，我的心肝寶貝。而且還是後來回過頭看當時的照片，才發現自己有哭，當下還真的沒發現，可能一切對我來說都是那麼不可思議吧！

可是見第一面的感覺是——霓霓好小一隻呀！前面有提到，她出生時才 2400 多克，好～小喔，小到讓我心疼，好想用盡所有的方法，讓她趕快長大長壯。可是，才沒這麼簡單呢！寶寶剛出生那幾天，一直在掉體重，我又因為剖腹產，奶來得慢，每次看她很用力吸，卻吸不到奶，媽麻我就好痛苦。每隔 4 小時，護士把寶寶推進房裡要喝奶，我卻只有 2、30CC，真的欲哭無淚：天啊，怎麼 4 小時又到了？然後，休息一下，4 小時又到了，無限循環……

奶量不夠真沮喪

剛開始親餵的痛，應該很多媽麻都有相同的體驗，跟寶寶還沒培養好默契，她的小嘴一吸上來就好痛，而且會破皮，只能靠當媽媽的意志撐過來，再加上一直擦哺乳舒緩呵護膏來緩解疼痛。

我在醫院時一直是親餵，雖然奶量不大，但對寶寶來說，就是生命的泉源，寶寶可以從這裡獲得能量。可是產後好幾天，奶量仍然上不來，在護理師的建議下，只好用母奶搭配配方奶。本來覺得好沮喪，覺得自己居然沒辦法餵飽霓霓，但是護理師安撫了我，她說雖然母奶有很好的免疫力，但配方奶可以提供很好的營養，兩種搭配很不錯，要我不要沮喪。

產後幾天，離開醫院，住進了月子中心，環境比擬飯店一樣舒適，護理師們也都非常親切，可能心情比較放鬆，破皮漸漸好了，奶量也增加，這當中，護理師們還會不斷鼓勵我，告訴我喝配方奶的寶寶也很健康，要我放心。可能因為比較放鬆，所以產後一、兩週後，我的奶量就有增加了一些。

但奶量小增的背後，我可是經過一番努力呢！怕寶寶吃不夠，我什麼都試，除了滴雞精、花生豬腳、發奶茶等湯湯水水之外，對我來說特別有感的 Motherlove 媽咪樂哺——葫蘆巴營養補充液，這個還滿特別的，它不像湯品或茶湯要花時間熬一鍋，食用非常方便，空腹時吃，一次 1ml，一天 4 次，最值得一提的是它熱量超低，不怕越吃越胖，如果有媽麻奶量不足，又對控制熱量很要求的，這是不錯的選擇。

想要增加奶量的媽咪，可以到官網上找到更詳細的說明唷！
(http://www.earthlove.com.tw/brand/motherlove)

總之為了給霓霓足夠的能量，我可是費盡心力啊！回想起來，追奶的壓力真大呀，想告訴所有的媽麻，當媽麻已經很不容易了，如果奶量充足當然很棒，可是如果量不夠的話，也別把自己逼太緊，真的不得已，就讓寶寶喝配方奶吧！壓力大的媽媽不會快樂，開心的媽媽才能養出開心的寶寶呀！

對了，前面有提到哺乳時的破皮，我想這是所有媽麻都體會過的「甜蜜的疼痛」，看著寶寶滿足地喝ㄋㄟㄋㄟ會覺得很欣慰，可是一方面也在強忍那個皮肉苦，尤其是寶寶剛含上的第一口，哇，真的是好痛呀！有的媽麻會直接擦母奶來緩解疼痛，我則是用 Motherlove 哺乳舒緩呵護膏，每次餵完奶就擦，很好吸收，破皮很快就好了，Motherlove 哺乳舒緩呵護膏全成分是天然有機草本植物調製，且通過美國官方最高規格的 USDA 有機認證，用得也安心，可以說是加速幫我脫離那段黑暗的疼痛期啊！

有興趣的媽咪，可以到官網上找到更詳細的說明唷！
(http://www.earthlove.com.tw/brand/motherlove)

人生第一次 30 天沒洗頭

產後多久可以洗頭一直都是媽媽們的熱門話題，有的人奉行古法，
一個月不洗，但也有人 3 天就受不了。我問過好友蕾蕾，她多久才
洗頭，她就是 30 天沒洗的那一派，她笑笑地說：「到第 5 天、第 6
天最難受，但是熬過之後就沒感覺囉！」一個月不洗耶？我本來也
不確定自己能不能做到，我大概到第 7 天是最～難熬的時候，覺得
好噁喔，頭好癢喔，但是過了那一天，真的就海闊天空，再也沒感
覺了，哈哈！

有朋友在我產後 20 天左右
來看我，完全沒發現我沒洗
頭，直到我自己坦承。

「什麼？妳說妳 20 天沒洗頭
了？」當下她眼睛睜好大，
聲音好高亢啊！

我笑中還帶點得意：「我真的

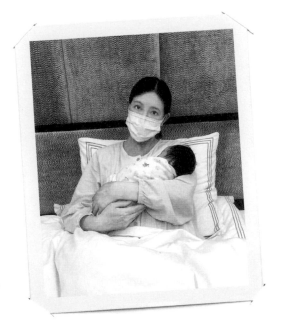

沒洗呀，哈哈哈哈！」

她驚訝我怎麼能忍那麼久，此外，另一個點是，我頭髮真的看不出來好久沒洗了，呵呵，看起來還滿「正常」的！我想這應該有三個原因：我本來就不容易出油，再來是，有朋友送我一瓶乾洗髮，我偶爾會用一下，最後是，我每天還是會梳頭髮，連睡前也會梳一下再睡，所以不洗頭也能維持一個美麗的水準！

我還記得，忍了一個月不洗頭，終於可以洗了那種飛上天的療癒滋味，都想起身旋轉、跳一支舞慶祝了啊！一個月後首度洗頭，我是在月子中心做他們特別為媽咪準備的「薑汁熱活洗髮」，先幫媽咪把頭洗乾淨，再用薑汁溫熱頭皮，洗完不但肩頸放鬆，連全身都熱呼呼的，好舒服呀！

媽咪們記得要好好照顧自己，這樣才能給寶寶足夠的養分，如果已經撐過了那麼多天不洗頭，第一次洗頭建議不要自己洗，尤其是剖腹產，可能還有傷口，不管彎腰或仰頭都會不舒適，給人家洗比較舒服也不易著涼。

Chapter 2.

真媽咪重生記

閉關修練 70 天

坐月子是女人調整體質的黃金期，做得好會越來越健康、越美麗，
沒做好的話可能為未來的健康埋下隱憂；我的一群姊妹淘當中有兩
位在差不多時間生產，其中一位非常認真坐月子，出關後我們看到
她，都驚呼她變得更漂亮了！而另一位比較崇尚美式風格，自由派
的她，還在月子中心時就出門，也不忌口，照樣喝冰的，皮膚感覺
上就沒之前那麼有彈性。所以她告訴我：「小真，妳一定要認真坐

月子！」

過來人的叮嚀我都記在心上，我後來月子整整做了 70 天！在月子中心 30 天，回家又請月嫂幫我做了 40 天，認真程度百分百！

一拿到媽媽手冊，就知道高齡產婦什麼檢查都要做，風險高，更覺得要把自己照顧好，坐月子絕對是一件需要好好計畫的重要事情，但我還真不知要及早進行呢！懷孕不到 3 個月時，就有好多親朋好友姊妹淘跟我說，要趕快訂月子中心和預約月嫂、通乳師、綁肚子阿姨……我都還不懂焦慮的時候，旁人比我還急呢！不過幸好有他們，否則，以我的節奏，可能拖到很晚才處理這些事。

所以我大概滿 3 個月就開始找月子中心，看了好幾家，最後選中了和海茵同一家的「英倫產後護理之家」，當初選這間，經紀人陪我去，馬上跟我說：「我覺得妳會選這家。公主風、水晶燈、白床單……」真了解我，呵！我喜歡它舒適清爽的擺設和格局，嬰兒室也很明亮，整體都非常怡人。而且它的安全性做得很好，嬰兒室每個寶寶上面都有一個監看器，寶寶的狀況我用 APP 就看得到，老公在外面工作也能隨時察看。

另外，月子中心也規定，寶寶在房間的時候，只有爸爸媽媽可以在房間裡，訪客要看寶寶都要隔著玻璃看，避免外頭的細菌讓寶寶感染，就連我的爸爸媽媽要看霓霓，也必須隔著嬰兒室的玻璃看。我在坐月子的時候正好有流感在盛行，這做法讓我覺得好安心。

激勵人心的月子中心

月子中心的護理師們真的好會鼓勵人，我因為從來沒有當過媽媽，寶寶也從來沒有來過地球，兩個新手還沒有磨合，剛開始她常常吸不到奶，我的量也還不夠，超沮喪！直到進了月子中心，奶量漸漸增加，我跟霓霓默契越來越好，找到了彼此的節奏，才比較放心，而且護理師也常用我覺得很可愛的話術安慰、激勵我。

像是——「媽麻妳這樣已經很棒了，妳已經有50ml，那個某某媽咪，才30ml呢！」妳就會覺得自己很棒，心情比較好呀，哈哈！

或是當她們問我今天覺得怎麼樣，我回說寶寶今天只吸10分鐘就不吸了，他們就會回：「沒關係，這樣已經很棒了！」然後再爆別的

媽麻的料，「今天有個媽麻，她的寶寶一口都不肯喝呢！」

呵呵，她們是不是很可愛？我聽了自信都生起了，但又覺得好笑。

還有一件事我也覺得很有趣，從懷孕之後，一直到月子中心，從醫師、技師到護理師，大家都叫我「媽麻」，而不是「劉真老師」，好像我不是劉真，而是「媽麻」，但說真的，我很喜歡這個新身分唷！

最有愛的獎項

每天晚上 8 點到 9 點是月子中心嬰兒室消毒的時間，寶寶們會被送到媽媽這邊來，其他的時間都很自由，除了喝奶的時間之外，媽媽可以在任何時候要求母嬰同室。

我通常是每餐餵完奶後會跟霓霓相處一下，然後就推回嬰兒室，因為幾週大的寶寶，她大部分時間都在睡覺，不如我們各自好好休息；到了她 3、4 週大，我讓她留在房間裡的時間就比較多，但我覺得媽

麻睡眠品質也很重要，所以晚上 11 點那餐餵完後，她 4 個小時喝一次奶，等於半夜 3 點要再餵一次，那次我就會請護理師們幫忙餵，所以我基本上沒有很追求母嬰同室。

但是海茵就讓我很佩服喔！我們同一個月子中心，每個月都會頒一個獎，正確頭銜我忘了，但就是頒給「母嬰同室時數最長」的媽麻，海茵有次很興奮地告訴我，她有得過那個獎喔！哈哈哈，我相信她以前在學校不管得過什麼品學兼優、第一名，或工作時拿到專業的獎項，在她心中都不及這個獎有意義！

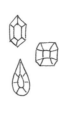

湯湯水水的
美麗人生

媽咪也想要小確幸

在月子中心的那一個月，我固定都是吃月子中心準備的食物，一貫
口味清淡的月子餐，不過，湯湯水水的東西吃膩了，就是會嘴饞。
回想我懷孕時，很少臨意起意要老公去買一份突然想吃的食物，不
過在月子中心倒是會請他幫我買紅豆湯、酒釀蛋這些我愛吃的食
物，來小小療癒一下閉關的無聊。

雖然要療癒，但我還是會選有發奶功能的補品，每人狀況不同，有人喜歡花生豬腳，有人鍾情黑麥汁，有人愛喝鮮奶茶，我還聽過有媽媽喝珍珠奶茶後奶量大增呢（呃，珍珠吃幾顆就好）！月子餐都很淡，因為太油太甜太鹹的食物容易塞奶（乳腺阻塞），只要注意口味，不要過甜，還是可以享受自己的療癒食物。

我後來還在月子中心裡自己做奶茶，用紅茶茶包煮開，再加鮮奶，不加糖，房裡就有小吧台，方便又好喝，不管如何，總是比每天灌那幾罐充滿媽媽味的杜仲茶、黑豆茶、荔枝水⋯⋯還多采多姿，媽媽們要懂得適時為自己創造小確幸呀！

40 天飲食漸進計畫

在月子中心住了 30 天後，終於可以轉移陣地，回家囉！我請來很有經驗的月嫂，在家 24 小時幫我。在這裡好想說，從懷孕後，我就遇到好多貴人，中山醫院的黎惠波醫師、幫我做高層次超音波檢查的技師婆婆（全台第一號護理師唷！）、經驗豐富的綁肚子阿姨、每位照顧過我和霓霓的護理師，還有這位專業的月嫂，真是太謝謝您

們了！

月嫂不但很會煮，也會針對我的需求為我設計專屬的食譜，像我就跟她說，我在家裡再做 40 天月子就要開始工作，希望寶寶在 3 個月大時可以斷母奶，一方面寶寶奶量需求一直增加，另一方面，開始工作後餵母乳也不方便，月嫂知道我這樣的計畫，就會幫我設計飲食。

酒釀蛋湯圓

花生豬腳

紅棗百合蓮子湯

白木耳蓮子湯

有共識之後，幾乎前 20 天（加上在月子中心的 30 天，等於是產後 50 天）我都還是吃得非常營養。然後從第 4 週開始，就慢慢減食物的量，再往後期，慢慢加重食物的味道，像是之前都不會吃紅燒肉這種口味比較重的，這時就會開始吃到，後期湯湯水水的比例也沒那麼多了。

至於我都吃些什麼呢？我個人不偏愛藥材燉的湯，像十全大補湯這類的，所以都是以單純的食補為主。月嫂每天都會上菜市場，看當

天什麼新鮮，或有什麼特別好的食材，就會買回來做菜色的變換，像是白木耳很漂亮就買白木耳，鱸魚很新鮮就煮魚湯。

通常我每一餐都會喝到湯，下午還有甜湯，每天也都會煮一大瓶茶飲，像是黑豆茶、紅棗枸杞茶、杜仲茶。

另外，我早上都會吃碗茶油麵線加上荷包蛋，比起麻油，更為不燥的茶油，可以說是我閉關食補中的最愛唷！

Chapter 2.

月子做得好，
人生是彩色的

我是坐好月子的見證者

以前都聽人家説，坐月子是女人一生最重要的轉機，做得好的話可以回復青春，還可以改善身體機能的弱項，沒想到，我也成為這項傳説的見證者！

我以前只要一吃生冷的東西，胃就不舒服，甚至會吐，所以我不吃生魚片，不喝冷飲，感覺上我就是個腸胃屬於比較寒的人，手腳也

容易冰冷。但是坐完月子，感覺胃不舒服的頻率變低了，沒那麼寒。可能是因為坐月子時都吃些暖的、補的食物，胃也強健了起來。真是感謝酒釀蛋、花生豬腳、茶油麵線這些美味月子食物呀！（現在想到仍然覺得食慾大開！）

此外，我的運動量大，長久以來累積了些運動傷害，以前老是肩頸僵硬，時不時還會痛，去按摩時，師父都說我這麼瘦可是怎麼就這麼難按，筋都藏在很裡面。我常要他用手肘大力按下去才會舒服，現在肩頸的情況也改善很多了耶！

坐月子胖一些些也可以

坐月子時，有 1 ～ 2 週的時間，我一醒來總是全身汗，是很誇張的
那種汗喔，有點像盜汗，頭髮、衣服全濕。我把這情形說給幫我綁
肚子的阿姨聽，她說我是在排水，把身體裡的濕氣排出。雖然不太
理解把濕氣排出是怎樣運作，又是怎樣的概念，但我做完月子身體
的確比以前好，身材也維持得跟產前差不多。

說到身材，有位媽麻跟我說，她懷孕時不胖，反而坐月子時胖了，
還有另一個朋友也是，懷孕時孕吐得很嚴重，而且可憐的她，到臨
盆前都還在孕吐，所以懷孕時只胖了 5 公斤，其中的 3 公斤長在寶
寶身上，等到生產後不再孕吐，吃得多，結果就胖了。

坐月子時餵母奶真的好容易餓，我每天早上起來第一個念頭都是
「好餓喔」！哈哈！

不過我自己的情況是，我在懷孕時胖了 12 公斤，生完掉了 6 公斤，
而剩下的那 6 公斤降得很緩慢，記得生完兩個月我都還有多出 4 公
斤在身上呢！但我覺得要餵母奶，要保持能帶給寶寶營養，所以也

沒有刻意去減重，只要月子做得好，身體健康了，4 公斤其實等到可以開始和平常一樣運動以後就自動掉下來了，後面會教給大家我的私房產後瘦身操喔！（請見 P184）

Chapter 2.

要健康又要瘦身有道

奧妙的綁肚子手藝

如果妳還沒生過小孩，肯定不知道什麼是「綁肚子」，跟我以前一樣。我是聽說過，但不懂它的奧義，經歷過後，才知綁肚子真是件神奇的事，值得跟大家分享。

我剛公佈懷孕消息時，好多人大方以自己的經驗，提醒我當媽媽要注意的事情，其中，我的化妝師就對我耳提面命：「妳產後一定要

綁肚子！綁肚子非常重要！」她見證過朋友綁完後的神奇，說朋友本來的骨盤比較大，比例沒那麼好看，但是產後讓專業綁肚子阿姨綁完肚子之後，身材竟然比生之前還好！

已經生過兩胎的化妝師躍躍欲試，問綁肚子阿姨她能不能綁，但是她最小的小孩已經兩歲，錯過生完兩個月的黃金時期啦，讓化妝師好扼腕！

綁肚子的概念就是幫助妳把懷孕被撐大、下移的子宮護住，慢慢回到它原來的位置，也會保護產後虛弱的子宮和腰部。怎麼綁呢？用的是一種特製的無彈性棉布，兩側是一條一條的帶子。我躺在床上，配合阿姨的手法，互相配合，她會幫我從肚子，綁到腰、骨盤、下腹部，繞

綁肚子阿姨特製的無彈性棉布綁帶

來繞去，一直纏一直纏，阿姨只要說「抬起來」，我就會配合抬起臀部，她說「拉住」，我就幫她把指定的地方拉住，很有規律，一

來一往，就像雙人舞一樣曼妙。

每綁一次需要 5 分鐘，由於是到府服務，所以阿姨超忙的，每天都有安排好的「一路綁到瘦」服務路線，從早幫人綁到晚。我自己是一到月子中心，產後 6 天就開始綁，綁了兩個月，但它不用 24 小時綁，我都是下午 4、5 點綁，綁到隔天早上 11 點，然後洗個澡後 4、5 點再綁，還是要有透氣的時間。剛開始的前兩天很不好睡，因為好有束縛感，第三天就習慣了，拆下來反而覺得有點沒安全感呢！

綁帶外再加一層我自己的束腹

從 M 到 XS 的肚肚

每天綁肚子阿姨來的時候，會先摸摸我的肚子，幫我檢查子宮收縮的狀態，位置有沒有回來，我記得大概綁了 10 天，阿姨就說我恢復得很好，還宣布說：「妳從 M 號進步到 S 號了，棉布要換尺寸了！」原來這也有尺寸的啊！莫名好有成就感喔！

還沒生小孩時很不懂，還以為生完肚子就回去了，結果沒有喔！剛生完後兩天，還穿著醫院的藍色袍子時，拿著點滴瓶，經過鏡子時，不經意看到自己肚子，簡直不敢相信：「咦！這是什麼？！我不是生完了嗎？肚子為什麼還這麼大呀？」綁了肚子，大概 2、3 天就覺得有差，肚子慢慢小回去，腰被撐住了，我想，懷孕時骨盆變大，它藉由外力的力量回復位置，是有道理的。

為什麼每天要拆了再綁呢？因為妳每天都會有進步啊！我綁了一個多月，就又從 S 進展到 XS 了，阿姨說，我可是她客人裡面第一個綁到 XS 尺寸的，棉布還要用訂做的呢，聽了心中有點小得意。

感謝貴人阿姨

幫我綁肚子的阿姨是位很資深的護理師，在月子中心工作很多年，退休後，應許多產婦的要求，又重出江湖幫大家綁肚子。本身的專業底子深厚，除了來幫我綁肚子之後，常常還教我好多。

那時，她拍拍我的肚子就知道我的狀況，比如發現我脹氣，就知道

我可能紅豆湯喝太多，叮嚀我別過量。

清潔寶寶的口腔也是她教我的。有些傳統月子中心會在手指纏紗布清潔寶寶口腔，但阿姨說，如果大人手上有細菌，寶寶可能因此會感染鵝口瘡——鵝口瘡是口腔裡的一種黴菌感染，口腔環境對細菌來說既濕潤又營養，寶寶一感染就是整口，非常麻煩；所以阿姨教我用大支的棉花棒清潔寶寶口腔，減少感染風險。

另外就是我那時想餵三個月的母奶，但我奶量不多，總覺得好擔心，阿姨就跟我說，餵母奶是把媽媽身上最好的養分給寶寶，如果餵很久，但養分卻沒有補回來，對媽媽是種很大的耗損。母奶有很好的免疫力，當然一定要餵，然而對寶寶來說，配方奶也可以提供充足營養，兩種交替搭配也是很好的。我才放下一顆忐忑的心，對母奶的產量抱著一個盡量努力、但不強求的隨緣心態。所以囉，阿姨真是我的貴人，給我的建議都好受用。

媽咪的小焦慮就是怕「回不去」

我是個愛美的人,產後讓我最焦慮的除了奶量,當然就是身材,前面提過我生完兩個月後還有 4 公斤在身上,雖然算是小 case,但也夠我擔憂了啊,好怕身材回不去,我那些漂亮的舞衣怎麼辦?

關於舞衣,我想到一件事,有次我心血來潮拿出一件很喜歡的舞衣,下擺有珠珠和流蘇,想說身材好像恢復得差不多了,可以試看看。結果我把褲襠拉到大腿時,竟然卡住了,我不死心,硬是用力一拉,結果「啪」地,它竟然破了!!!珠珠散了一地,流蘇也都亂了,回想從前,我人生裡只有 S 和 XS,一個完全不知道 M 為何物的人,竟然淪落到把衣服撐破,對我的打擊實在太大了!

我跪在地上低頭撿著散落的珠珠,眼淚無法克制地流下來,嗚嗚!太傷心了啦!那種淒涼的感覺就好像在全黑的舞台,只有一盞燈打在我的背上,照著我獨自啜泣的悲傷背影。

結果我老公看我那麼傷心,跟我說,他之前趁我還在月子中心時,把我的舞衣都送洗,送回來時縮水了,所以我才會穿不上去。雖然

知道他是為了安慰我而騙我，但還是覺得他好貼心喔！

即使現在，我還是比懷孕前還多出 2 公斤，那些肉均勻地在我身上，雖然別人可能看不出來，但我很清楚它們確實是存在呀，還要慢慢努力。

講到產後瘦身，我聽說有些媽媽產後會穿塑身衣，但我想給大家一點建議，塑身衣不要太早穿喔！剛生完的幾週，子宮的狀態還沒有調整回來，就馬上穿塑身衣，反而會把不在正常位置的子宮壓在下面，回不來。

我之前沒有穿過塑身衣，我很怕被衣服綁住的不適感，而且我的皮膚屬於敏感性，布料如果不透氣，很容易過敏，姐妹淘了解我，當時就有送我一款超好穿的法國 Lytess「十天塑」塑身褲，布料薄又透氣，穿的過程中也沒有束縛感，重點是它採取特殊的蜂巢式織法，好像美體師在幫妳輕柔按摩，穿了幾天以後，就能感覺它帶來的效果就好像跳舞時縮腹提臀的動作一樣，7 分的設計不管居家、外出、運動或做家事都可以穿！

穿上癮之後，我又愛上了同個品牌的進階款「睡覺塑」按摩緊緻塑身褲，臀腿外側的波浪壓紋織法，不但睡眠時彷彿有美體師持續幫妳雕塑身材，重點是衣料中添加了夜間緊緻滋潤植物精華，有改善橘皮組織的藤黃果，緊實肌膚的檀香、馬尾草，睡覺同時按摩去橘皮，太適合像我們這種為了照顧寶寶而忙碌的媽麻了！

美力保養有一套

寶寶出生以後，由於大部分時間都給了她，以前可以慢條斯理進行的事，都要變得快速做好或是輕鬆完成，像是前面提到的塑身褲，睡覺就能美化身材，多輕鬆呀！臉部保養也是，最好能高效達到我這個年齡的抗老需求，還好我發現一組嶄新的商品，CELCURE 亮采活顏系列，因為添加了多種機能性抗氧化物與維他命，質地又能迅速被肌膚吸收，很快就有那種疲憊暗沉被掃除的感覺，抗老還蠻有成果的，很符合我的需要。

當了媽咪之後，雖然自己的時間變少了，但是保養和愛惜自己的心態不能少！畢竟我大齡才生霓霓，我要維持美麗，陪她長大呀！（振奮）

接下來就來分享一下我的保養細節，順序和平常一樣，先認真地卸好妝、洗臉；最近天氣開始轉涼，本來季節轉換的時候臉部肌膚容易會有缺水、敏感的困擾，但是今年這樣的情況改善很多唷！因為姊妹淘推薦我一組來自日本，能解決敏感和缺水困擾的 ATORREGE AD+，它們家的深層卸淨凝膠是網紅人氣口碑產品，只要乾手乾臉，不須加水乳化，輕輕塗抹全臉，卸完真的感覺臉很舒服很乾淨，不會乾澀緊繃，就連眼睛四周也可以放心使用喔！

卸完妝，搭配使用 AD+ 淨白透亮潔顏慕絲，它 Q 彈的綿密泡泡好像棉花糖一樣輕盈，原來是利用奈米技術原理，讓泡泡深入肌膚底層，洗完光滑柔嫩，同時兼具保濕和修護功效，還沒擦保養品就有自然的光澤感了！

清潔之後，後續的保養也是重頭戲，以每天日常的化妝水潤澤肌膚之後，我會使用 CELCURE 亮采活顏系列的超導精華液和超導修護乳，來做鎖水和修護的保養，因為工作的關係，皮膚常常需要化妝，所以我會定期使用 ANDS 三合一離子美容器，這個美容儀器具有深層清潔導出、營養導入和按摩提升的功能，先搭配離子美容器專用的清潔精華液「ANDS 超淨化毛孔緊緻精華」來做深層清潔，將精華液擠在儀器的棉花上，選擇導出功能，然後在全臉輕輕滑動約 3 ～ 5 分鐘，可以有效清除毛孔深層的髒污和一般卸妝品無法清除的污

垢、彩妝和色素，明顯感覺毛孔暢通和肌膚透亮的效果，讓素顏更加乾淨漂亮。

用水清洗乾淨臉之後，替離子美容器更換乾淨的化妝棉，將 CELCURE 超導精華液擠在棉花上，然後選擇導入功能，在全臉輕輕滑動 1～2 次，可以讓美肌精華成分，迅速深入皮膚底層，接著再將超導修護乳擠在化妝棉，選擇按摩功能，也在全臉輕輕滑動 1～2 次，從導出、導入到按摩，整個保養程序只要 10 分鐘，明顯看到皮膚變得更加光滑細緻，也很有在家做 SPA 的感覺，這樣就輕鬆做好一套居家深層保養。

很多人在用一個新的產品之前除了會先試它的質地之外，就是聞它的味道，我也是，我第一次聞到 CELCURE 系列的味道就非常喜歡，它是淡淡薰衣草的味道，擦它的時候就一直被它療癒。而且，它聞起來的感覺很舒服，即使我剛擦完保養品，就接著去抱霓霓，也不用擔心味道會讓嬰兒感覺太強烈，就是那麼 smooth，很值得推薦給大家囉！

顯瘦時尚穿搭

孕媽咪也能穿出潮味

雖然好多人都說「懷孕的女人最美麗」，但是，相信很多孕媽咪們看到自己漸漸鼓起的肚子，和身體各部位越來越不像個「小姐」，可能會在打開衣櫃時煩惱起穿搭。

其實只要掌握一些元素，就算肚子變大，還是可以享受女人愛漂亮的樂趣；我的祕訣就是：盡量選擇舒適，又露出自己比較瘦或是不

顯水腫部位的服裝。

能符合這些原則的衣服，未必是孕婦裝唷！我在孕期幾乎不穿所謂的「孕婦裝」，都是穿一些原本平常就會穿，而且生完還可以持續再穿的衣服。像是傘狀上衣和 A 字洋裝我都非常喜歡，傘狀的衣服本來就是修飾身材的好選擇，挑選肩膀很合的款式，可以讓整個人看起來既瘦又有精神，甚至還可以 keep 住一種少女的飛揚感覺，如果整件都寬寬垮垮的，容易給人散漫、沒有打扮的印象。

我也很建議媽咪們可以買孕婦牛仔褲，我懷孕時好愛穿唷！它看起來就跟一般的牛仔褲一樣，不同的是從腰到下腹「噗」地鼓起一個很有彈性的弧度，穿起來好舒服，又可以把肚子保護住。上面再搭一件傘狀上衣，就是很時尚的穿搭。

我生完後還把孕婦牛仔褲送給媽媽穿，物盡其用，還得到媽媽的讚賞，她也好喜歡那件牛仔褲喔！另外，我也很喜歡下擺有小荷葉設計的上衣，那也是一種超藏肚子的款式。

懷孕後不想穿真正的孕婦裝，我會選擇寬鬆版洋裝，可以比之前尺寸大 1～2 號，最重要的是搭配一雙舒適又時髦的平底鞋！（高跟鞋真的只是穿著拍照過過癮而已）

時序入冬，孕婦最好的朋友就是斗篷了！不但保暖，又可以遮肚肚，下半身搭配牛仔褲或是 legging，輕鬆瀟灑就可以出門了，而且是每年冬天都很時髦的配件喔！

深色服裝真的很好藏肚子，但又希望有好氣色，細節就很重要囉！以透明的薄紗材質拼接，會讓深色不那麼沉重。

深色系藏肚子又一套！建議配件的選擇可以亮色系為主，心機襯出好膚色；這一套還有另一個小心機：短褲的褲口可以寬鬆一點，會顯得腿比較瘦喔！

連腳丫子也顧到

大家都知道我愛鞋成痴，當我懷孕時，姊妹淘、朋友們都一直嚇我，說有人懷孕時長期穿了沒有包腳的涼鞋，結果生完孩子，腳的尺寸竟然大了半號！哇！也太可怕了，我不敢想像我腳大半號的後果，那我那麼多美麗的鞋就都不能穿了！回不去還得了？所以我聽從朋友的建議，在懷孕時都穿平底包鞋，把腳型顧好。

就算懷孕的時候，體重增加，循環變差，有時還會水腫，使得穿包鞋有一種束縛感，我還是都守住，沒放肆地穿夾腳拖、涼鞋，而是選擇合腳、舒適、輕巧的包鞋，用鞋子自然地護住腳部，不讓它們無限擴大（想到我的美鞋，意志就很堅定，呵呵）。

話說回來，以前不管跳舞、逛街，甚至跟姊妹喝下午茶，都一定要
穿高跟鞋，就覺得穿上高跟鞋才有辦法把感官打開，處在一個敏銳
的狀態；可現在，也許是懷孕期間一直都穿平底鞋，穿成了習慣，
再加上當媽媽後，事情更多更忙，動作要更快，好像不再一定要穿
高跟鞋，我終於不得不承認，穿平底鞋真的是比較俐落耶！

chapter

03.

真女孩養成計畫

生女兒最幸福的事就是可以和她穿母女裝；
我現在最想做的事，就是和霓霓穿上母女裝去做任何事！

怎麼能夠不愛妳

耳朵像妳，鼻子像我？

霓霓剛出生的時候，我曾經在 FB 上分享過我們一家三口在醫院，穿著醫院綠袍拍的照片，那是我們的第一張全家福，我還記得，拍照的那當下，整個心思都是「哇！這就是我的心肝寶貝！」、「寶貝女兒，我們終於見面了！」的激動，體驗一個生命從孕育到誕生，真的太奇妙了！

後來，老公跟我說：「那時妳眼眶含淚耶！」我看著這張照片，才意識到自己在感動流淚，當時自己都沒發現呢！

從霓霓出生開始，我跟爸拔那個關於「女兒比較像誰」的爭論就沒有停過，兩個人都希望像自己多一點，比如耳朵，爸拔說比較像他，才不是呢，我覺得是比較像我。

爸拔說：「妳看，我耳朵這邊比較寬，她就像我。」說著還指耳朵給我看。

我說：「沒有沒有。」把耳朵湊上去給老公看，要他看仔細，「你看看我這形狀，形狀是像我呀！」

或是我說：「我覺得女兒的下巴很漂亮，好像我哘！」他就會反駁：「下巴是像我。」

我好不服氣，老公的下巴明明有鬍子蓋住，怎麼看得出來像他？當然是像我。沒想到爸拔還有話說耶，「寶貝，我跟妳講，如果我把鬍子剃掉的話，很像我的。」

爸拔好沒有說服力，呵呵，她真的比較像我啦！

但是爸拔還是堅持：「沒有哦！她確實是比較像我，妳看，她臉很有肉，但是她的下巴還是尖尖的。」

就這樣，兩人逗嘴沒辦法停止，只要其中一個人提起女兒的某個部位，就開始各說各話，沒有共識，呵呵，都覺得女兒像自己多一點。

有天女兒做了一個表情，我覺得好可愛，跟老公說：「你看我們女兒的嘴巴多性感！」

他說：「對，就是像到我！」

又來了！她嘴巴絕對也是比較像我啦！

沒辦法呀，像比較多的人就是會覺得比較得意！

神經兮兮的新手媽咪

在月子中心的時候，霓霓晚上都是留在育嬰室，半夜 3 點的那一餐也就沒親餵，回家之前，幫我綁肚子的阿姨提醒我，月子中心都幫媽媽弄得好好的，寶寶一哭就可以推回去，很多媽媽的惡夢就是從一回到家開始，所以一定要知道寶寶的習性，回家才不會手忙腳亂；於是，要回家的前兩個晚上，一定要讓霓霓來房間跟我睡。

共處的第一個晚上，爸拔正好有演唱工作，沒辦法陪我們母女，我好緊張，幾乎每隔 30 分鐘就起身看她有沒有好好的，擔心她有沒有踢被被，可她那時很小，都被包巾包住，根本不會踢被呀！不然就是聽到一點風吹草動，或她發出「嗯嗯～哇哇～」那種嬰兒的聲音，

就立刻上緊發條，繃緊神經，看她是不是怎麼樣了。

其實她沒有哭鬧，睡得挺好的，反而是在嬰兒室的時候比較容易有連鎖反應，一個嬰兒哭了，其他寶貝也會受到影響，一個接著一個哇哇大哭。但在媽麻房間，因為沒有別人影響，反而很安靜好睡。結果她睡得很好，是媽麻一直忙著觀察她，睡不好，都是媽麻太緊張啦！

第二個晚上我就比較好了，雖然神經還是蠻緊繃的，但已經不會緊張ㄍ一直觀察她，偶爾我看她時，她還會換個姿勢，或伸個懶腰給我看，好像在告訴我：「媽麻，我好得很，妳不用那麼緊張呀！」

這兩個共處的晚上對媽麻來說好必要，我大概就知道了，她除非是真的很不舒服，才會哭鬧，不然，這麼大的寶寶，喝完ㄋㄟㄋㄟ就睡了，中間可能會醒來哭哭，但安撫一下她就會繼續睡覺，要等2、3個月後，醒的時間才多，才會跟大人互動。

仔細紀錄寶寶的生活

現在的月子中心都很貼心，我們要離開月子中心時，還送給我們一本手記，上面貼著寶寶的照片，寫著第一天來時的體重、頭圍、身高，接下來每天媽麻親餵的次數、護理師瓶餵的次數、奶量、大便小便幾次、體溫……等等都有做紀錄，最後是離開月子中心時的照片、體重、身高。我覺得這個紀錄很好，一直到現在，我都還是每天幫她做紀錄。

寶寶的照顧者有我、爸拔、保母，有了這樣的紀錄，每個照顧寶寶的人只要一接手就馬上知道寶寶的狀況，她幾點喝奶奶，便便幾次，體溫多少，對這些基本訊息有底，照顧起來就更順手了。另外，我覺得寶寶的照顧者盡量不要換，所以我合作的保母也都是非常固定的，這樣她才會了解寶寶呀！

那個紀錄表裡面，我覺得進食紀錄最有趣，從在月子中心記起，每次親餵幾分鐘，瓶餵配方奶幾 CC，一直到現在，記錄她今天吃了多少蔬菜泥、蘋果泥、粥……分量從少變多，種類也從單一到多樣，看到手記裡的她，出生時只有一小點點，長成頭好壯壯、四肢有力的小寶貝，真的很有成就感呢！

嬰兒期的
獨立運動

溫和媽咪戒夜奶

對產後準備繼續工作的媽媽來說，如果寶寶能戒夜奶，是比較輕鬆的，我用溫和的方式，花了大概 7 ～ 10 天的時間讓霓霓戒掉夜奶，可以跟大家分享一下。

首先是要跟幫助妳的人有充分的溝通，我就非常感謝我的月嫂，她非常有經驗，一開始（就是我們從月子中心回家，霓霓大約 1 個月

大的時候）她就問我打算什麼時候開始工作，我當時是計畫產後 3 個月就要開始工作了，也希望寶寶可以在第 2 個月就戒掉夜奶，這樣，我和爸拔都工作之後的生活比較輕鬆。經過這個溝通，月嫂不但在飲食上面做計畫，後期減少催奶的湯湯水水，也配合我一起幫霓霓戒夜奶。

寶寶的生活流程是每隔 4 小時喝一次奶，晚上 11 點、半夜 3 點、早上 7 點是她喝奶的時間，戒夜奶就是要戒掉她半夜 3 點那一餐。剛從月子中心回來時，我們都還是 3 點餵她，大概到 7 週大時就開始調整，她本來 3 點時會自動醒來喝奶，即使沒有醒來，我們也會叫她，那時起，我們就不叫她，看她可以睡到幾點，就幾點餵她。

後來她都可以睡到 4 點多，起來哭哭時我們會先試著塞奶嘴給她，不馬上餵奶，看她是不是能繼續睡，如果可以，就先不餵，這樣，也許她 5 點會再醒過來哭哭，可能就真的餓了，這時我會餵她，但是會減量，例如原本她應該喝 120CC，但因為 7 點還會有一餐，所以 5 點時就先餵她喝 60CC，以「不改變下一餐的時間」為原則，看她醒來的時間做點調整，5 點醒來餵 60CC，若 4 點醒來，就餵 90CC。

前兩天先這樣，慢慢地，她就可以延長睡眠到 5 點多，這時我們就塞嘴嘴給她，看能不能撐到 6 點，因為 6 點就很靠近 7 點了，如果她 6 點半醒來，那 7 點那餐就可以提早餵了，等於她幾乎半夜不會再醒來哭哭要喝奶。

這整個過程我用了大概 7～10 天，我自己覺得很快了，而且是用很溫和的方式，如果她醒來哭哭，真的餓了，我還是會給她喝，不過寶寶很妙，差不多第 7 天，她就可以撐到 6 點多了，最後就成功達陣！順利完成 7 點這個目標！我原本預計用兩週的時間來調，沒想到一週多就完成這個階段性任務了。原來寶寶的生理時鐘是可以被制約的，慢慢訓練，就可以養成規律的習慣。

爸拔媽麻一定要是最了解寶寶的人

我不是用很強硬的方式來戒夜奶，因為我覺得寶寶的需要還是最重要的。我曾聽過有些媽媽是任由小孩哭、就是不餵，認為小孩哭累了就會睡了，這樣的做法一來我是不忍心，而且我的想法還蠻中庸的，我覺得寶寶有他的生理時鐘，大人雖然要幫他們養成好習慣，但還是要配合寶寶的節奏。

習慣的養成可能要好幾天，但破壞它卻只要 2 天就可以了！我因為沒有公婆，所以可以照我們的方式來照顧霓霓，但有朋友曾經分享說女兒 1、2 歲時要戒掉陪睡，結果女兒不適應到生氣撞牆，就是要人陪，爺爺奶奶疼，戒陪睡就破功了。到了下一胎，朋友堅定信念，不受公婆影響，所以不但戒了夜奶，也沒有陪睡的問題。

我覺得媽麻要有一個堅定的信念，那就是，這是妳的寶寶，妳要是最了解寶寶的人。長輩和保母都是來協助妳的，妳要有中心思想，妳希望她成為一個什麼樣的寶貝，讓所有人一起幫妳。像我，我希望我的寶寶是一個個性穩定、生活規律的小孩，在固定的時間吃飯、睡覺、遊戲，她連午睡的時間都很固定，早上 7 點喝完奶，繼續睡

到 10 點半，起來玩玩，11 點半吃粥，1 點睡午覺，2 點多起來喝奶，4 點再睡一下……

規律有一個好處，像霓霓如果在 2 點半的時候哭，就知道她可能是肚子餓，因為這是她要喝奶的時間；如果她在該睡覺的時間哭，抱抱安撫她就可以睡著。如果她不在想睡或餓的時間哭，妳就會想，她為什麼哭呢？是不是尿布濕了，或哪裡不舒服？該不該量體溫什麼的？她這麼小，不舒服只能用哭來表現呀！如果她是一個作息很亂的寶寶，比較難抓到她的點，把生活規律化會是爸拔媽麻判讀寶寶狀況很好的方式。

有次跟化妝師聊天，我說霓霓 6 個月大，一餐大概喝 200～210CC，化妝師很驚訝，她說已經很少聽到喝 200CC 以上的寶寶了！她姊姊的小孩，比霓霓大幾個月，一餐喝 150CC，可是一天要喝 7、8 餐，少量多餐，也沒有戒夜奶。還有，舞蹈教室的櫃台同事，女兒 1 歲半，凌晨 4 點還要起來喝一次奶，哇！我真的覺得我好幸福，我的寶貝讓我很放心，我真的沒辦法想像我天天 4 點爬起來餵奶呢！

真的覺得把習慣建立起來對媽麻比較輕鬆，真的去做了之後，也發現並不是那麼困難。可能因為我是一個邏輯比較清楚的媽麻，我的原則蠻強的，我會把目標訂好，而且很清楚地告訴幫助我的人，這樣他們才會知道怎麼幫我，然後跟著我一起用很溫柔的方法去完成它！

給寶寶一個睡前儀式

戒夜奶本來在想像中是一項很困難的任務，但真的去做就發現——咦！好像沒那麼難嘛！

我很重視規律的生活和習慣的養成，所以在培養霓霓的生活上花蠻多心思的，像是睡前我會給她一個儀式，讓她知道做這件事時就是要睡覺囉！夏天在家我們都給她穿短袖加長褲，要睡覺時，我就會幫她套上一件長袖的紗布衣，所以9點多那餐喝完奶、換好尿布，我就會拿出它，亮給她看，用充滿期待的語氣說：「霓霓，我們要換睡衣囉！妳看！」不管她懂不懂，我都會這樣做。

幫她穿好睡衣時，也把房間的燈調暗，我是沒有放音樂，但其他媽麻可以考慮放點柔和的音樂，總之她一進到那氛圍就知道要睡覺了，這些都是睡前儀式。

霓霓最愛的布書

接著，我會抱著她，跟她說：「我們要睡覺囉！」然後唱歌給她聽。有時她白天玩得太瘋，晚上就會比較興奮，睡前腳還一直開心地蹬蹬蹬，這時就要稍微安撫她一下。我大概抱個 5 分鐘，不會等她

完全睡著，就會拍拍她，在她還醒著的狀態把她放到床上，讓她知道那是個睡前抱抱，然後把奶嘴塞給她，她就會知道該睡覺了，自己找舒適的姿勢，通常她都是側向一邊，然後我幫她蓋被子，她可能自己玩玩床圍，和我放在旁邊的布書，我就會關上門，把她自己留在房間裡。

也就是說，她入睡的那一刻我是讓她自己待在房間的。但我會等在門口仔細聽，有時她會嗯嗯哎哎發出嬰兒的聲音，我就會再進去看看是奶嘴掉了或怎麼了，檢查一下再出來。這樣一直反覆，直到房間裡沒有聲音了，我就知道她睡著了，最後再進房幫她蓋被被。

建立寶寶的規律讓我很有成就感，呵呵，而且，我也覺得把這種生活的架構建立起來，對爸拔媽麻還有對寶寶都很好喔！

副食品的
玩樂藝術

營養美味的副食品

霓霓從 4 個多月開始吃副食品，我看書上寫，喝純母奶的寶寶在 6 個月大的時候應該在母奶之外添加副食品，如果是喝配方奶的寶寶，4 個月就可以開始吃副食品了。

一開始保母和我先嘗試弄果泥給霓霓吃，像是蘋果泥、香蕉泥。再來就試蔬菜，像是紅蘿蔔泥、南瓜泥、地瓜泥，其他還有米精、十

霓霓最愛的南瓜泥＋麵包超人餐具

倍粥。6 個月大以後，她單一種類的泥吃過後都沒問題，我們就讓她吃調和兩種以上的泥，像是有加蔬菜泥的粥或是加了蛋黃泥的粥。

很多寶寶應該都喜歡甜甜的南瓜泥，霓霓也是。蘋果也是霓霓的愛，她好喜歡甜甜的蘋果，但如果是酸的，她會一直吐舌頭，好可愛喔！比較之下，蔬菜泥和蘿蔔泥她就比較沒那麼喜歡，但還是要吃喔，因為這些對她的咀嚼會很有幫助。

她現在將近 9 個月大，每天都吃兩次副食品，混合粥和泥，原本都是吃白粥，慢慢也開始用肉去熬湯煮粥了。看她吃出ㄅㄨㄞㄅㄨㄞ的肌肉和漸漸長大的身材，活動力十足，就覺得餵她好有成就感，好滿足喔！

母女的餵食樂趣

在嬰兒界裡，霓霓真的算是在吃東西方面很配合的北鼻，10 幾分鐘可以吃完 120CC 的副食品，不過，還是有些時候比較難控制，餵一碗粥可能前面她很認真吃，但後面就坐不住了，一直被別的東西分散注意力。這時我會拿東西吸引她，重新引起注意力，像她喜歡塑膠袋的聲音，我就拿著搓一搓，趁她轉頭回來的時候趕快餵一口。沒辦法呀，寶寶都是這樣，保母說她這樣算吃很快了，有的寶寶要吃一個小時，我們霓霓已

經很棒了！

對我這個媽麻來說，餵食除了看到
她每天都有進展，每天都在長大，
很有成就感之外，也很療癒，因為
副食品的工具都好～可愛喔！

我幫霓霓準備了粉紅色的餐椅，她自己可能還沒有什麼喜好，但每
次看到她坐在粉紅餐椅裡真的好安撫我的心喔！媽麻自己好愛，呵
呵！我還幫她買了卡通圖案的
餐具，像是麵包超人的餐具及
KITTY 水杯，北鼻的東西真的
很療癒，在餵她的時候我也得
到很大的樂趣！

符合彩虹攝食原則，使寶寶攝取更
加均衡完整營養的蔬果牙餅，健康
又可愛，是目前霓霓的最愛，我常
常故意和她搶著吃！（產品官網：
http://www.earthlove.com.tw/brand/
happyfamily）

我為妳讀詩

母女的品詩會

霓霓很喜歡我唸唐詩給她聽，當然，她不懂那是什麼，可是她聽了會笑唷！詩有韻律，那節奏就很吸引她！

其實原先我是唸「今天星期一，猴子穿新衣……」或「城門城門雞蛋糕」這種歌謠跟她玩，但是我後來想，既然都要唸，為什麼不唸詩呢？詩的意境又好，又有平仄對仗，很適合唸給她聽。

我小時候背過的東西，尤其是古詩詞，大部分都還記得！可能因為我蠻喜歡的，就記得久，就連《長恨歌》和《琵琶行》這種很長的詞，以前我都能全部背出來，現在雖然沒辦法背整首，但大部分還記得，有人提上一句詞，我就可以接下一句。可是這兩首不但太長而且意境沒那麼好，不太適合唸給霓霓聽，我大部分都唸短的，最長唸到七言律詩而已。

我也喜歡配合時令來唸，像是中秋節時我就唸蘇東坡的《水調歌頭》，「明月幾時有，把酒問青天。不知天上宮闕，今夕是何年。我欲乘風歸去，又恐瓊樓玉宇，高處不勝寒。」而霓霓會跟著起伏的韻律，或是微笑，或是認真看著我，每次都很有回應喔！

另外像「葡萄美酒夜光杯，欲飲琵琶馬上催。」（《涼州詞》）、「慈母手中線，遊子身上衣，臨行密密縫，意恐遲遲歸。」（《遊子吟》）也都是我很喜歡唸的，不但霓霓喜歡，連我自己都很陶醉在韻律裡，唸詩給她聽是我很喜歡的一個生活小片段。

閱讀習慣從嬰兒開始

我還有個期許，希望霓霓是愛閱讀的小朋友，現在大家都用手機，不像我小時候，會寫卡片、寫信給同學，我覺得那感覺很不一樣，我曾在網路上看過一段話，覺得很認同──「你讀過的書，記得的都變成知識，不記得的都變成了氣質。」我相信，看過的書，不管記不記得，那樣的文化和素養都會留在我們的記憶深處。

我還記得，唸小學的時候，爸爸假日會帶我和弟弟到當時仁愛路圓環的新學友書局看書，買書給我們，那時候，我最喜歡漢聲出版的《中國童話故事》，像夸父追日、嫦娥奔月、女媧補天……我都覺得好有趣，可以一看再看。

再小一點，大概我 1 歲的時候，爸爸會唸安徒生童話給我聽，白雪公主、睡美人、人魚公主、三隻小豬……我有印象後常在大人的鼓勵下講故事，就把爸爸告訴我的小紅帽跟大野狼的故事說給舅舅、外婆聽。

現在霓霓還不夠大，沒辦法好好聽我講故事，也許再大一點我就可

以說故事給她聽。不過我已經在培養她的閱讀習慣，星期六、日我會陪她看繪本或字卡。她最近在看的書是小鼠波波的故事，翻開書會有波波的衣服、帽子或是波波的食物，很可愛，也可以從圖片裡認知生活中的各種事物。

當然囉，霓霓才幾個月大，沒辦法集中注意力很久，可能咻咻地翻頁很快就翻過去，3 分鐘後就轉身去玩別的東西了，尤其她這個年紀，越不讓她碰的她越愛呀！像手機、電視搖控器，一放下她就會爬過去抓，還有拖鞋，呵呵，簡直是她的愛，我們一起在地墊上玩時，她只要看到脫在地墊旁的拖鞋，就會用超快的速度爬過去抓，

或是我看到一半的雜誌放在旁邊，封面亮亮的，她看到，咦，新東西，也會馬上翻身過去抓。總之，這年紀還無法好好看書，但我覺得能看多久都沒關係，不強迫，媽麻的目的只是要她的生活裡有閱讀這件事情，幫她培養習慣而已！

給霓霓聽的音樂

品味從小培養

「蝴蝶～蝴蝶～生得真美麗～」我相信很多爸拔媽麻小時候都是聽這樣的童謠長大的，這就是百聽不厭、代代相傳的兒歌！有天我在書店看到童謠書附一張 CD 的組合，裡面有小毛驢、蝴蝶歌、泥娃娃……這些我們小時候聽的歌，看了覺得好親切，就買回家了。

有天在地墊玩的時候，我和霓霓邊玩邊襯著音樂，有時我還會附

和，跟著 CD 一起唱給霓霓聽，「大象～大象～你的鼻子為什麼那麼長……」結果老公工作告一段落，從房間走出來，聽到那音樂立刻愣住：「這是什麼？」我很開心地說是買回來給霓霓聽的兒歌，老公竟然說：「不行不行，她從小就要聽很有氣質的音樂！」

我臉上三條線，兒歌很好啊，就是要琅琅上口嘛！老公就開始解釋，兒歌非常簡單、通俗，歌聲都扁扁的，只是把旋律唱出來，沒有唱功可言，編曲也太簡單了，女兒應該要聽有經過好好安排設計的音樂，像是古典樂、交響樂，它的編曲、配制、樂器都有講究，從小給她好的音樂，按摩她的耳朵，以後她對音樂才有品味啊！

本來還覺得老公管好多喔，後來我就想到，像我們愛跳舞的人，在欣賞舞蹈的時候，一定是要看優秀的，比如看國際比賽裡厲害的國外選手表演後都覺得 Bravo！通體舒暢！但是如果看到很奇怪的選手，跳舞時全身不協調，肢體僵硬，用錯力道，就會覺得不舒服呀！我記得有次跟舞伴們一起看一個比賽，看完後其中有個人就說：「吼！我看他這樣跳舞，我膝蓋都痛了！」最後大家當場會心一笑，直說：「不行不行！我要忘記這個畫面。」

默默收起來的童歌

這麼一想就都懂了，完全被老公說服。我喜歡看頂尖舞者，喜歡很美的畫面，如果有一天，女兒要學跳舞 我一定是拿俄羅斯波修瓦劇院芭蕾舞團（Bolshoi ballet）那種殿堂級的國際表演給她看呀，要被美的畫面薰陶，才會朝美的方向前進。

老公從小就跟著爸爸聽黑膠唱片，爸爸那時教他唱英文歌，聽披頭四、貓王、湯姆瓊斯（Tom Jones）這樣的好音樂，養成他對音樂的敏感度，所以當然沒辦法接受兒歌那種通俗音樂囉！我也有買專門做給小朋友聽的古典樂，胡桃

鉗、天鵝湖、匈牙利舞曲……之類的，它還有分晨光、午安和晚安時刻聽的，從此我們霓霓就改聽古典樂，或是我也很喜歡的迪士尼

小美人魚、獅子王。至於童歌，就默默收起來好了⋯⋯

不過那本書還是很有趣的，裡面有童謠歌詞，我把 CD 收起來，書就用唸的或唱的，媽麻自己唱，爸拔就沒有意見了，呵，我聲音雖然沒有爸拔那麼好聽，但我是媽麻，是帶著愛唱的，唱什麼都好聽！

話說回來，經過老公一說，我也才覺得一般兒歌的配音真的像罐頭音樂一樣，就音樂性來說，確實是少了一點什麼，如果有人願意把童謠重新翻唱，讓它不那麼單調，應該會很棒喔！

超完美複製人

期待穿上母女裝

生女兒最幸福的事就是可以和她穿母女裝,我現在最想做的事,就是和霓霓穿上母女裝去做任何事!從得知懷的是女兒之後我就找了好多母女裝的圖片,期待和女兒留一樣的頭髮,穿一樣的衣服,牽手轉圈圈。

不過她現在還太小,沒有什麼機會出門,連鞋子都不太需要買,這

年紀也沒有什麼母女裝的選擇，可能還要再等一陣子，等她再大一點點，差不多1歲，會站會走，衣服、鞋子比較好配，就可以母女一起漂亮穿搭，我好期待唷！

我早就迫不及待想幫霓霓置裝，我為她買的第一件衣服，是她還在我的肚子裡的時候，哈哈！懷孕前3個月胚胎還不穩定，不能出國，4～7個月是媽麻最輕鬆的時候，醫生就跟我說，如果現在有想去哪裡的話可以去，否則等她出生以後，就很少有跟老公單獨出門的機會了。我跟老公說，我們去比較近一點的地方好了！去年我們去過日本，那就去香港吧！

那次去香港，我買了霓霓還不能穿的米老鼠紗裙，希望霓霓快點可以穿出門，我可以用我的紗裙跟她搭配。

我傾向就她穿的衣服，去跟她搭配，比如她穿格子，我也就我格子的衣服跟她搭配，像現在最容易搭的就是粉紅色，許多女北鼻的產品都做粉紅色，我正好也有很多粉紅色的單品，偶爾心血來潮時在家穿搭著玩耍，像跟女兒在玩家家酒一樣，好好玩！

霓霓會跟媽麻一樣愛漂亮嗎？

我從小就愛漂亮，唸幼稚園的時候，上學前媽媽都會幫我綁頭髮，但媽媽趕著上班，沒有時間幫我做髮型的變換，有天她又幫我綁馬尾時，我說：「我不要，我昨天已經綁過馬尾了，我今天要換綁兩個辮子，我要這樣這樣………」還作勢給媽媽看唷！現在回想，媽媽好辛苦，明明要趕著出門，還要應付我的造型要求。

看來我從好小的時候，就意識到美麗要有不一樣的變換，對造型很要求呢！

我跟化妝師說起這段往事，她笑說：「以後妳的女兒如果像妳一樣怎麼辦？」那就糟了，我現在只會編簡單的頭髮，三股的那種，如果女兒上學也要求每天換造型的話，我不會弄呀！造型師開玩笑：「那妳可以發通告讓我來幫妳女兒做妝髮。」呵呵呵，怎麼可能啦？但是如果女兒從小就有時尚的品味，那也不錯啦！

chapter

04.

與生活，自在共舞

一支舞裡有節奏緊湊、舞步華麗的高潮部分；

也有旋律平穩、動作比較收斂的轉折；

霓霓教給我的第一堂課，要媽麻慢慢來！

女兒教我的第 1 課：
接受人生的小暫停

我非常喜歡舞蹈，也熱愛教舞，不喜歡為了任何原因缺席課程，前面有提過，我是那種即使剛下飛機，也會拖著行李箱到教室上課的人，就覺得放不下學生，而且我的學生會認老師，如果我請假，學生就會跟我撒嬌說：「老師，我們都忘記了，都還給妳了啦！」或是說他們不習慣代課，學生這麼可愛，怎麼捨得棄他們而去？所以我一向很少請假。當然，我自己也很喜歡上課，不想放棄這個樂趣。

我的生活就這樣一直繞著教課、表演、通告而轉，每天行程一個接著一個，我也非常習慣這樣的緊湊，基本上我根本是個閒不下來的

人呀！

我外表常給人一種嬌滴滴、柔弱的印象，但實際上我是個堅強、動作又很迅速的人，每天都是上緊發條地在工作，我的經紀人常笑說我是勞動楷模，非常耐操。

懷孕初期我還想教課，覺得孕媽咪教舞很酷，我問醫生能不能繼續上課，但醫生擔心我是高齡產婦，我的舞蹈又一直在動腰、腹這一帶，如果跳 20 分鐘就休息勉強還 OK，但我一跳就是 1 小時，所以醫生不建議。為了寶寶的健康，我只好停工休養。

但有一次破例，大概是在懷孕 6 個月的時候，胎象比較穩定，還是教了幾堂，因為那次對學生來說太重要了！

那時他們要去維也納參加一個歌劇院的盛大舞會，在舞會中有現場樂隊演奏，他們一定要學維也納華爾滋，於是我就請了一個助教，我只要講解跟稍微做點靜態的示範，其他由助教代勞。

在全面休息期間，光是能跳一點點，可能只是擺幾個 pose，就覺得很開心了！

每個人的健康情況不一樣，有的人可能從懷孕初期到後期都在做孕婦瑜珈，有人還可以跳舞，但也有人只能躺著。我是第一胎，年紀又大，所以特別小心，那時醫生不建議我繼續教舞，老公也希望我別工作，專心休息，於是我就變成一個閒人，每天在家。

那真的是一段很特別的時光，我跳舞跳了超過半個人生，每天都在行程當中前進再前進，不用休息，也沒想過休息，一時之間突然什麼事都不用做了，吃完早午餐不用急著出門上課，也不用趕通告，只要專心照顧好自己就好，就好像突然畫上一個休止符。

剛開始還有點不習慣呢！不工作、不跳舞，做什麼好呢？因為太無聊了，竟然也做了人生從沒做過的事──追劇。而且這輩子沒有追過劇的人，一追竟然追了很長的兩部劇，那就是《瑯琊榜》和《芈月傳》。

很奇妙，我覺得這應該是霓霓教給我的第一堂課，要媽麻學會放慢腳步，要慢活。

就像一支舞裡，會有節奏緊湊、舞步華麗的高潮部分，也會有旋律

平穩、動作比較收斂的換場或轉折啊！在這個要「慢慢來」的轉折裡，我一下多了好多時間，看書、追劇、看 DVD，跟姊妹淘喝下午茶，體驗靜下來的生活美感。

慢活，真棒！

在這個「慢慢來」的轉折裡，
喝下午茶是其中最美好的一段。

Chapter 4.

女兒教我的第 2 課：

享受生活的小樂趣

每天都有世界級表演

霓霓的肢體發展得很好，俗話說「七坐八爬十站」，她卻一滿 6 個月就會坐了，坐得好穩好挺，而且還會得意的笑喔！就看她爬爬爬著，屁股一往後，很順暢地就坐著，還回頭看我，意思就是「媽麻你看！」，我立刻鼓掌：「哇！好棒喔！」然後她就會一臉開心的笑，好驕傲好可愛好得意！

如果現場還有爸拔和保母，場面更是熱烈，我們三人會響起一陣如雷的掌聲，此起彼落一直喊「好棒！好棒！」，好像在看什麼多了不起的事，簡直就是世界冠軍級的表演啊！她知道她會被鼓勵，所以只要發現自己會了什麼新花招，就想表現給爸拔媽麻看，我每天出門都會期待，會不會今天回家霓霓又學會新花樣呢？

有天她不知道從哪裡學到把小毛巾咬住這招，得意地轉頭看我，想得到媽麻讚賞，即使這樣的小「才藝」，我還是覺得好棒。有了霓霓之後，家裡好像變成一個世界級的舞台，上面不是國際歌手或頂尖舞者的表演，而是我的寶貝女兒，任何一個小動作，一個小進步，對我們來說，都是讓人感動萬分的國際級演出！

比如，我跟老公第一次發現她會翻身，就覺得好感動。她本來翻到

一半就會卡住，要我們幫忙把她翻過去，突然有一天，她自己會翻身，這實在太 amazing 了，Bravo ！我跟老公大力鼓掌呀！

又比如，她原本是個很安靜的小孩，雖然愛笑，但不會發出咯咯咯的大笑聲，連保母都誤會她是個文靜的小孩。這樣很少有聲音的霓霓，有天竟然學會聲音的運用，發出她的第一聲尖叫聲，像是海豚音一樣，超厲害！

這時爸拔又找到機會說女兒像他了，他說：「妳看妳看！她的海豚音是像我！」這回合我只能認輸啊，媽麻唱歌確實沒有爸拔厲害，媽麻哪會海豚音呢？

最重要的事

霓霓 6 個多月大的時候會做一個動作，也沒有人教她，她就看看自己的手，然後轉轉手腕，她仔細注視自己小手的樣子，根本就是一個舞者，我說：「霓霓，妳在跳 Flamenco 呀？」說著我也跟著舉起手，一起轉手腕，又說一次：「妳在跳 Flamenco 嗎？」母女兩

隻手一起轉轉，像兩朵花一樣。保母就說，她沒有看過小嬰兒手會這樣耶！

霓霓有時會做出同齡嬰兒還不會做的肢體動作，我想應該是遺傳自我的舞蹈細胞，或是她在我的肚子裡就感受過了吧！（這點總是像我了吧？這局我贏！）

以前會覺得要夠水準、夠華麗，技巧登峰造極的那種，才算是真正的表演，現在女兒一個隨便的小動作，我的愛心就大噴發，在心中狂灑花呀！世界冠軍算什麼呢？英國黑池（國標舞勝地 Blackpool）的巨星經典嗎？不重要啊，我有心肝寶貝就夠了。

但我以前不是這樣耶，沒想到一個新生命的到來，改變我這麼多，以前如果是黑池冠軍來台灣，我卻沒看到，我一定扼腕加跺腳，我怎麼會沒看到！

有一天去舞蹈教室，有位老師跟我說去看了 Michael Malitowski & Joanna Leunis 在台灣的 Amazing Cup 表演。Michael 和 Joanna 是黑池職業拉丁舞世界冠軍，Joanna 實在太厲害了，她的轉圈已經是神話等級的，咻咻咻地轉好多圈，轉完馬上停，像沒事一樣，我們都開玩笑她根本是外星人！那些世界前幾名的舞序都有人 copy，模仿他們的 style，唯獨 Michael 和 Joanna，他們完全無法被模仿，因為他們的舞步實在太獨特了，而且一般人的體力根本無法辦到。

Joanna 去年懷孕，所以她在去年退休了，Riccardo Cocchi & Yulia Zagoruychenko 成為今年的冠軍。今年，Joanna 生完寶寶後才 4 個月就出來表演了，即使是產後，她的舞技仍然是世界第一。通常他們

的表演都是安排在小巨蛋或飯店，在星期六或日的晚上，但這時間我得在家帶霓霓，沒有辦法去。舞蹈教室的老師就說：「小真，妳應該要去看的，那個Joanna好～厲害！妳沒有看到實在好可惜喔！」

以前我可能也會覺得：哎呀，太可惜了啊！可是現在我很冷靜，只有「嗯～」的淡淡反應，覺得沒看到也還好啊！我現在人生中有更重要的事情——我要看我女兒。

呵呵，哪怕只是手腕繞圈這樣轉轉，或是學會扶著牆站著，都贏過頂尖舞者，我的宇宙、我的世界都已經不一樣了。沒看到世界冠軍，不遺憾啦！

女兒教我的第 3 課：
留住相處的小時光

爸拔抱抱的畫面最美

我在網路上常常看到有媽咪在討論寶寶哭的時候會不會馬上去抱他，覺得還蠻有趣的，在我們家，爸拔和媽麻就是個小反差。

像我有時讓霓霓自己在地墊玩，我在一旁忙自己的東西，她玩了一下，好像覺得有點無聊，就想要媽媽陪她，會哇哇叫。這時我通常不會馬上就抱起她，但是我會給她足夠的安全感，比如這時我就會

走過去溫柔問她：「霓霓，妳怎麼啦？喔喔，在玩玩具呀？玩小花
嗎？」她就會停下來聽我跟她講話，這時我會拿起另外一個玩具，
吸引她的注意，轉移她剛才還在哇哇叫的心思。

或者，她是動作做到一半卡住，像是翻身翻不過去，咿咿呀呀的，
我就會過去幫她一下，大部分來說，如果不是肚子餓的那種哇哇叫，
我都不會馬上抱她，而是會讓她看到我，知道媽麻在這裡，媽麻有
跟她在一起，有在陪她，給她安全感但不一定要抱她。

但爸拔就不一樣了！他一聽
到女兒哇哇叫，馬上會在一
秒間衝過去抱她，看著心肝
寶貝在哭，完全沒有抵抗力。
小孩子都很聰明，她知道爸
拔會抱她，就哭給爸拔看，
吃定了爸拔，而且，她被抱
起來時的表情很得意唷，一
副「妳看吧！爸拔抱我」的
樣子！

我是覺得爸拔這樣疼愛女兒也很浪漫啦，況且她越來越大，重量也越來越重，6個月大已經7公斤了，這重量對媽麻來說真的蠻吃力的，於是我心想：好哇好哇！妳都給爸拔抱啦！（完了，以後我一定是扮演黑臉，沒辦法，爸拔疼她疼到沒有理性了 XD）

但是，媽麻的光環還是很強的，有時我跟霓霓很心靈相通喔！或者說，我一看她表情，就知道她要做什麼，像她有天自己坐著，在玩自己的東西，我在旁邊看書，我抬頭看她好像在用力，正想說，她是在「屁屁」嗎？她就用她天真無邪的小臉，擺出很有意味的表情，回頭看我，雖然她還不會講話，但好像在說：「媽麻，我『屁屁』了，怎麼還不過來看我？」我一看，結果真的是「屁屁」，是不是很有心電感應？

打開媽咪雷達

當媽媽就是要無時無刻打開天線，很敏銳地注意寶寶的大小事，我發現有了霓霓以後，我不但會本能地觀察她，也很自然地懂得去觀察別人的小孩。

前陣子我和來自不同家庭的可愛小朋友一起進棚拍照，慢慢觀察他們，我就發現，每個小朋友都會有自己的個性，每人都是那麼獨特，5 歲的小姊姊愛漂亮，喜歡坐在鏡子前看自己化妝的模樣，名叫壯壯的 2 歲妹妹，都酷酷的不講話，但大人講話她都有在聽喔！

一開始，我向他們自我介紹說我是真真阿姨時，壯壯的媽麻說，她不愛讓別人抱，但是後來，攝影師希望我抱起她來，讓她親我，本來我覺得很難，因為她不喜歡讓別人抱呀，但她竟然自己說：「我要給真真阿姨抱抱！」我們大人都好驚訝，她原先不給人抱的耶！

我就覺得她是很聰明的小孩，一開始她會先觀察，包括環境、在場的人，先採取保護自己的方式，等到她看其他小朋友做，發現這環境好像可以讓她很放心，她才開始親近人。

如果在以前，這種情況我可能只覺得「哇！這小朋友好可愛喔！」就這樣而已。我以前就不是那種會去抱別人小孩的阿姨，不是因為我不愛小孩，是因為我怕沒辦法 handle 他們呀！但是現在當了媽媽，偵測小孩的雷達開了，就看得到每個寶寶不一樣的氣質，會觀察小朋友，也會看他怎麼跟媽媽互動，看他們的個性與教養。有的小朋友，媽媽講了會聽，有的就要用哄的才有辦法。

這麼一想，有了霓霓以後，我又發掘出更多世界上值得欣賞的事了，比如，各種不同個性的小孩……

關掉購物開關

我現在最常揹的包包都是在懷孕之前買的，有霓霓以後，我有些改變我的購物哲學，也很久沒有買包包或衣服，在下手之前我會問自

己，霓霓如果長大，她會喜歡嗎？是不是真的會用那麼久？如果不是的話，好像可以不用買，就不會那麼衝動。

以前我真的對美比較「獨善其身」，自己用的東西我都想要美美的，衣服包包鞋子永遠不嫌多，我記得那時 LV 流行櫻花包、櫻桃包，只要一出我就買，覺得可愛就買，但是流行的時機過了，現在就擺在那裡，也不會拿出來揹了。但我也不後悔啦，那就是年輕時一定會有的過程呀！

以後想跟女兒一起揹的包包

只是說，到了這年紀，又有了女兒，就真的覺得要買就要買經典雋永的款式，之後也可以留給女兒，買包包考慮的點變成希望這個包包再過個十年、廿年都還是很有價值。

有一天我回娘家整理東西，發現我有好多衣服都沒有穿過，好浪費喔！以前心很大，這件可以，那件也喜歡，這很漂亮，那也很美，結果買了一堆，卻都沒穿過，現在的我，已經是一個購物比較理智的媽咪囉！

仔細回想起來，我生了霓霓之後好像就沒有買過自己的東西了耶！整個重心都focus在寶寶用品上，但是，畢竟是第一次當媽媽，對買小朋友的東西還不夠有經驗，還是偶有失手啦！

上過《女人我最大》的
小兔子雪靴

霓霓出生前我買了好可愛的
比利時品牌兔裝，一整套的，
有小帽子、小手套和小襪子，
一套斥資幾千元，我仍然面
不改色，還一次買了兩套不
同顏色，粉、灰各一，結果，
買了之後灰色的只穿過一
次，就是霓霓從醫院到月子
中心的路上，大概 15 分鐘
的車程，15 分鐘！而且一到
那裡就換掉啦！然後粉紅色

等霓霓長大想一起穿的母女洋裝

那套連穿都沒有穿過，那是 0 ～ 3 個月寶寶穿的，現在當然穿不下
了啦！當媽的心中覺得好可惜，那麼可愛的衣服她竟然穿不到！

北鼻一下子就長大了，所以我現在買衣服比較有經驗了，她 6 個月
時，我就買 6 ～ 12 個月的寶寶可以穿的，好像可以穿比較久。但
我最近迷上髮圈、帽子，在美國購物網站上面看到這些可愛的髮飾，
差點又失守，幸好旁邊有個更理智的人——通常這種時候，老公會
在一旁淡淡地說：「妳冷靜，她很快就會長大了！」

女兒教我的第 4 課：
珍惜幸福的小日常

父女的澎澎時光

霓霓的保母星期六日休假，所以我和老公的工作都盡量排在週間，假日就是我們一家三口的家庭時間。我們家最尋常的假日風景，大概就是我在帶寶寶，爸拔在房間聽音樂；或我和霓霓在地墊玩，爸拔在旁邊陪我們。每當我發現霓霓突然學會了什麼，或做了平常不會做的妙事，我就會趕快呼叫老公：「欸！你趕快看！」氣氛家常至極，但我覺得很幸福。

老公曾經跟我說，雖然我們有保母，但我們都各自要有一個人帶小孩的能力，就是只有爸拔和寶寶、或只有媽麻和寶寶的時候都有辦法照顧她，像換尿布、泡奶、洗澡，這些都是基本的。

老公這樣的想法很令我感動，因為不是所有的爸拔都有這種心思，或有這種技能。老公會這麼體貼，一來他本來就很愛小孩，二來生的又是女兒，我想如果第一胎是男孩，可能就不一定囉！

老公是真心喜歡帶小孩，他幫女兒洗澡時多開心呀！兩人像在玩遊戲一樣，女兒越來越大，也越來越重，我抱她越來越吃力，而且她現在很愛玩，也很會踢水，她一踢就更抱不住了！每次老公自告奮勇要幫她洗澡，我都好高興，並且立刻開心地說：「太棒了，那我就把時間和空間交給你們父女囉！」然後就到外面去坐按摩椅偷閒，嘻嘻！

幫寶寶洗澡的時候，一隻手要抓著她，另一隻手幫她洗，洗好一邊，再換過來，趴著洗，所以手去 handle 寶寶的力量很重要的，有一陣子，我的媽媽手症狀很嚴重，常常沒力。那時霓霓還小，不太會坐，脖子也不夠有力，幫她洗澡的時候，若手力不夠，她就會滑下去，有一兩個月的時間，我是幾乎沒辦法幫她洗澡的，那時就一定得要

爸拔上，也是那個時候，養成爸拔洗澡洗得很好的技術，還發展出爸拔自己的 SOP，非常俐落唷！

我本來覺得男生應該不會願意做這件事，我知道很多身邊的男生，他們都沒有幫小孩洗過澡，一次都沒有喔，就覺得我老公有一個人照顧小孩的能力，真的很難得！

不過，我還是有在偷偷期待等霓霓再大一點，母女共浴的美好時光，我已經買好一堆可愛的沐浴球，其中最可愛的是日本居家香氛品牌 NOL 汽泡沐浴球，馬卡龍的粉嫩色調，可愛的小花和棒棒糖造型，而且配方溫和，洗完肌膚咕溜咕溜，母女一起泡澡超級幸福，伴著女兒的笑聲和甜甜的香氛，所有的疲憊都隨泡泡消失了！

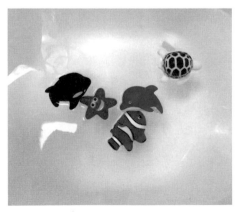

霓霓喜歡的洗澡玩具

像個大人一樣唁

懷孕的時候我就會一直跟霓霓說話，媽麻現在正要做的事、媽麻今天做什麼工作，全都會很理性跟她「報備」。即使到現在，我還是會習慣跟她說話，像是出門前和她 Kiss bye 的時候，我會跟她說：「媽麻今天要去開會喔！」、「媽麻今天有個採訪。」爸拔也是，要出門去錄影前都會跟她講。

有的寶寶不喜歡洗澡，霓霓在洗澡時我會跟她講：「霓霓，我們來洗頭囉！」然後擠擠洗髮精給她看，久而久之，她就會懂。接著，「我們現在要洗澎澎囉！」、「我們現在要洗屁屁囉！」，我都會一一對她說，像她的浴巾是米老鼠圖案，我只要拿那條米老鼠浴巾，她就會笑，知道要洗澡了。

我會覺得告訴北鼻現在要做什麼，她會覺得被尊重，在這個過程裡，她表現出來的樣子是穩定的，不會有抗拒的情緒。

我做任何事都是用這種方式跟霓霓互動的，她現在開始有點黏人，我和她在地墊玩玩之後，要去廚房忙，她一看到我走開，就會嗯嗯

啊啊地不開心，我會跟她解釋：「霓霓，媽麻去削水果給妳吃呀！媽麻等一下就回來囉！」

當然前幾次她還是會尖叫，甚至會哭哭，但是幾次下來她慢慢知道我很快就會回來，也知道我並沒有離她太遠。

說到這個，我個人覺得不要用嚇小孩的方式來威脅他們，像是：「妳要乖乖喝奶奶喔！不然媽麻就不愛妳！」或是「再吵鬧媽麻就不管妳了！」這類的，我還是相信他們不管多小，都會比較喜歡我們把他們當成一個大人看待，當我們跟他們理智地說話，他們會願意聽，個性也會比較穩定。

甜蜜的睡前時光，
就是我們母女同樂的睡衣趴！

Chapter 4.

女兒教我的第 5 課：
守住媽咪的小堅強

我要為妳好好的

前陣子跟幾個已經當媽媽的姊妹淘聊天，大家都有同感，以前還沒有寶寶和家庭的時候，都只管自己，喜歡什麼就拼命往前衝，尤其我愛跳舞，追求舞蹈的那個我，是非常自我中心的，為了達到成果，不怕難，不怕高，甚至還不怕死，回頭看真的覺得自己太瘋狂了，現在是不可能這樣的！

以前老是想做就去做，熬夜、吃不該吃的垃圾食物、做不該做的危險動作，媽媽説：「妳不要這樣啊，會受傷！」我耳朵都自動關起來，不然就是左耳進右耳出，當作耳邊風，才不管那麼多呢！受傷了也沒什麼大不了呀，我照樣跳；哪裡痛了，也是打止痛針，繼續跳。記得有次我傷到，醫生説我不能轉頭，那時正要比賽，開什麼玩笑？我跟醫生説，我要馬上可以轉頭，堅持要醫生幫我處理。總之以前就是用盡各種可能傷害自己的方法，也要去衝就是了！

當了媽媽之後，誰還敢這樣呢？我變得超膽小，怕生病，怕痛，怕死，也怕老。不管做什麼事情，都會想到，萬一我受傷了怎麼辦？我的女兒怎麼辦？那不是真正的膽小，而是一種責任，我對家庭有責任啊！現在我不做危險的事，乖乖保養自己的身體，吃很多營養品，身體有什麼小狀況就要身體檢查。因為有了寶貝，有了家庭，我的身體要為了他們而堅強，為了他們好好的！

在育兒用品上面我也會找那種對我和對寶貝都好的東西，像是常常都會用到的揹巾就是，我會選可以讓霓霓很舒適安穩，而我自己揹起來也很輕鬆減壓的款式，我最常用的是一款叫做無敵 Wuti 的揹巾，真的無敵舒適，揹起來很有包覆性，霓霓面向我的時候，靠在

我胸前，感受得到我的呼吸，我覺得好有親密感喔！

無敵揹巾適合 0～9 個月的寶寶，是比較屬於小嬰兒的款式；霓霓大概 6、7 個月後，脖子、四肢、關節比較有力，出門時我就開始用同品牌的另一款 Pao Papoose 3P 揹帶，這就可以用到霓霓 3 歲。它可以讓寶寶面內、面前和後揹，三種揹法都可以照顧寶寶的脊椎、頸椎、髖關節和膝關節，而且一個人就可以調整好揹帶，出門不會手忙腳亂，外觀又很俐落有型，每次我老公用它揹霓霓我都覺得他好帥喔！

媽麻最想做的事是……

我覺得年紀大才當媽媽，雖然壞處是體力上比較吃虧，但是好處是我成熟了，又有很多朋友有類似的經歷，可以教我很多，加上人生閱歷夠，所以遇到什麼狀況都沒那麼慌張。如果我 20 幾歲就當媽媽，一定緊張死了！現在體力雖然沒有少女那麼好，但心境上卻覺得很完美。因為，一切我都準備好了呀！

我是一個藝人，也是一個老師，在外面光鮮亮麗，但是回到家就只是一個媽媽，這也是我目前最重要的角色！

我的人生前半段已經很精采了，我的舞蹈經歷成就了我自己，我去過好多地方比賽，也認識很多舞蹈界優秀的人；進入演藝圈又是很有福報的工作，可以發揮才華，錄影的時候又很開心，遇到各行各業很傑出的人，甚至還讓我有機會嘗試了很多很特別的表演，像是吊鋼絲，真的是很棒的工作！在表演的這個領域，我很多想做的事都完成了，雖然還有電影夢還沒圓，但是這個夢想跟女兒比起來實在太微不足道了，即使沒有達成也不可惜。

我要説的是，人生該有的精采，我大部分都經歷了，很美好，也很
充實，如果問我現在還有什麼夢想，那麼應該就是當一個好媽媽，
陪女兒長大，和她一起去做任何事！

享受生活，是女兒教我的第一課，以後，我想和女兒一起
做所有美妙的事！

chapter

05.

雙人舞再進階版

滑著優雅柔和的三拍節奏，

鏡子裡的我們，畫面好美，

那將會是我人生中最美的一首華爾滋！

洋裝 /Maticevski by Art Haus　鞋 /Olgana by Art Haus

一個人獨舞：

熱情的森巴

我骨子裡是很熱情而性感的

曾經有人問我，最喜歡的舞蹈是什麼？好像這會反應出我的個性。
我最愛的舞蹈有兩種，倫巴和森巴，一個性感，一個熱情。

倫巴的音樂很慢，幾乎所有好聽的慢歌都可以跳倫巴，像 I Will
Always Love You 這樣的經典情歌，或 Disney 的 Beauty and the
Beast，都可以。它是一個非常可以表現出女人身體婀娜姿態的舞

蹈，全身扭啊扭，下身轉呀轉，身段是很有女人味的，跳這個舞好像會把身體裡那個平時不會表現出來、藏在很裡面很裡面的性感，藉由舞蹈從全身放出來！

而森巴呢，大家都知道是從南美洲巴西來的，代表著熱情奔放，我每次聽到森巴音樂裡的那個鼓聲，咚！咚！咚！就會覺得很興奮，很受鼓舞，好像穿戴著很華麗很高調的羽毛，走進嘉年華裡遊行。

森巴就是一種很歡樂的舞蹈，跳的姿態要非常靈活生動，腰部呀，臀部呀，都要很強烈的律動，如果身體和心理都很緊繃，是跳不好森巴的，必須要將肌肉和心情都放開，鬆鬆的去跳，才能跳得好。

前面說喜歡什麼舞蹈大概是可以反應出個性，我覺得確實是這樣喔！我是雙子座的，我的確有兩個面向，一方面喜歡很女人的、很性感的元素，但也很喜歡動感輕快的氛圍。

特別的是，我的外表看起來既矜持又溫柔，不管是跟「性感」或「動感」都沒有辦法連結起來，但我卻特別愛跳倫巴和森巴。我覺得是舞蹈幫我開了一扇窗，讓我個性裡那個熱情和性感的部分有出口！

我本身是個很《一ㄥ的人，經過社會歷練和自我成長，當然，現在的我不會讓自己那麼硬《一ㄥ，但是在以前還年輕的時候，不管生氣或是不舒坦，我都是不會説出來的，常常搞到自己內傷，因為我就是説不出來呀！偏偏舞蹈界裡女舞者多，難免會勾心鬥角，比如説老師讓我站中間，就會有其他同學不滿意，覺得「為什麼小真都站中間」？我聽了不舒服，但我也不會回嗆對方，我會在心裡覺得，我要用舞蹈表現，要跳得更好，讓對方知道我為什麼可以站中間。

可以説，舞蹈就是我的語言！

我的堅強都給了舞蹈

我印象很深刻，大學的時候，有次和社團的同學們一起在體育館看舞蹈比賽，我們全部的人都把包包放在後面，往舞池中間擠，當我要去找出包包拿東西的時候，才發現我的包包不見了！我好慌張，一直找，繞遍整場找，被一個男舞者看到，抓著我的手，問我怎麼了。

那個男舞者蠻會跳舞的，很多學妹都很崇拜他，但是我們幾個女生都知道，他很花心，明明有女朋友了，卻老愛對別的女生放電，所以我們都很討厭他。

他抓住我手的時候，我急著在找包包。我整個包包都不見了，所有的證件、皮包都在裡面，可想而知我有多慌，所以也沒有多想什麼。結果，他抓著我手的時候恰恰好被他女朋友看到了，他女朋友也是跳舞圈的人，我們都認識。她忽然就走過來抓住我的手，一副興師問罪的樣子問我：「妳剛剛跟我男朋友講什麼？」

我原本急著在四處找包包，被她一問愣住，我連忙解釋說因為我的

包不見了，他在幫我找。

沒想到她竟然說：「那妳為什麼要摸他？」我立刻說：「我沒有摸他！」誰要摸他呀？我平常就很看不慣她男友愛放電，但又不好意思當面跟她說。而且我人生沒有被這樣問過，心裡又懸著不知道在哪裡的包包，她這麼問，我也傻了。

她接著還問：「那是妳先摸他還是他先摸妳的？」這時我真的好想說，「妳神經病呀！」但我講不出那句話，我也很想說，「妳男朋友就是個花心大蘿蔔妳不知道嗎？」但我什麼都沒說，覺得又急又氣又委屈，好想趕快找到包包。

最後她丟下一句：「現在我們吵架了，妳高興了吧？都是妳害的！」然後轉頭就走。

我呆住了，眼淚立刻就滴下來了。好氣好氣喔！不但包包掉了，然後我又被一個神經病誣賴，我怎麼這麼慘呀！

其他朋友看到，都過來安慰我，大家紛紛幫我出主意，說我應該直接跟那個女生說：「妳男朋友是個大爛人！」把實話告訴她，順便

罵她一頓。

現在的我當然不會允許自己受這種委屈，如果再發生一樣的事情，我不會罵她，我會正色嚴肅地跟她說，「剛剛是我包包掉了，沒有什麼我摸他或他摸我的事！」但當時太年輕了，就是講不出口。

我以前常揹這種黑鍋，因為外型的關係，又常被別人以為我愛撒嬌，以至於養成我在舞蹈上的堅強性格，我絕對不示弱，也不喜歡動作做不到就哀哀叫的人。有的人可能以為我嬌滴滴，不能摔也不能怎樣，其實我最討厭被貼上這種標籤，殊不知，我們舞蹈教室裡，摔最多的人就是我，天花板的燈管也被我踢破三、四個。

我是從苦練中磨練過來的，我所有的堅強都給了舞蹈，在別的地方我是柔弱的，但是一碰到舞蹈，我就變成一個強者，誰都別想欺負我！

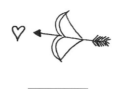

Chapter 5.

兩 個 人 的 節 奏 :

一進一退的恰恰

累 累 的 舞 孃 想 定 下 來

我曾經以為我不會結婚,然而緣分就是這麼奧妙,我跟老公的結合,
就是在對的時間遇見了對的人吧!

那時剛好接《台灣舞孃》,我求好心切,練鋼管練到整條腿都是烏
青,傷痕累累,真的有把我累到。當然,演出的時候我都很快樂,
很享受站在舞台上的一切,愛表演的人就是這樣,只要燈一亮,腎

上腺素一飆，又開始很 excited，那些痛呀、累呀全都「咻」地不見了。

但是當燈光暗下，收工回家，在夜深人靜的時候我就會有空虛和疲倦的感覺，想說自己真的要這樣下去嗎？那個表演又是每個禮拜地演、日復一日地練，我就一直在想，我雖然熱愛我的工作，但是年紀越來越大，我是不是該有所調整？

那時我就覺得我不要再談那種無所謂的戀愛了，我又不是年輕人，如果有機會談戀愛，我要好好的交往，如果有機會談結婚，那當然很好，如果沒有結婚也沒有關係，但是我就是要認真談感情，到了這年紀，談一段不認真的感情，不但是浪費時間，對自己更是一種傷害。

就在這樣一個認真考慮要不要安定下來的時間點，遇到了老公，我們兩個人的信仰、想法、價值觀都一樣，他既有才華又幽默，一直努力想讓我幸福，給我很大的安全感，我們就這樣自然地交往、結婚，成為爸拔媽麻囉！

一見鍾情

我跟老公是在 2012 年 7 月 22 日認識的，我會記得這麼清楚，是因為我們算是一見鍾情，呵呵，那是我第一次有這麼奇妙的感覺。

那是在中視的《超級模王大道》，我們第一次一起當評審，之前我知道他，但只是一個印象，知道他會唱歌，會模仿，是個很有才華的人，但彼此完全不認識。節目開錄前，我們在休息室，他跟邰哥

本來就是好朋友，聊天的內容就讓我和黃嘉千笑得臉好痠，他們沒有刻意要寶喔，只是在對話，但我們就覺得好好笑喔！我覺得他就是一個天生幽默的人呀！

後來正式錄影，我就感覺到他的體貼，當時我坐最右邊，他坐我旁邊，我講話蠻小聲的，如果同時有別的評審講話，我的聲音就會被蓋過去，他聽到我要說話，就幫我向主持人歐弟提醒：「歐弟，劉真老師要講話。」那時我就覺得：咦，他怎麼這麼貼心？

那天下了節目我們還繼續聊天，是我們第一次真正的談上話，後來覺得聊得很開心，他約我吃飯，那次邰哥還是陪客呢！邰哥很有趣，吃飯的時候還不斷幫他美言，說他是很好的男人。

我在和他的相處過程中就覺得他很認真，我們工作久了，總會遇到講話輕浮的人，比如說讚美妳很美呀，或說改天要約一下呀，但妳都可以判斷，他不是誠懇的。然而我老公讓我感覺他是不一樣的，他是真的想要好好認識我！

我們認識沒多久，他就說要介紹哥哥嫂嫂給我認識，他父母已經不在了，哥哥嫂嫂是他最重要的人，他覺得我對他來說是特別的人，

所以他一定要讓哥哥嫂嫂
見我。我當時雖然很緊張，
但是很感動，我看到他對
家庭的重視，我也感覺，
他對我是認真的，不是那
種錄影空檔把妹的心態。

我還記得見哥哥嫂嫂那次，
他很認真地跟我說：「妳
現在看到的就是我全部的
家人了。」感覺很有誠意，
迫不及待想把他的一切都
讓我知道！

對了，很久以後，我開玩笑問他，在《超級模王大道》第一次認識
那天，他是不是一眼就愛上我，所以一直幫我？

但是他不承認耶！他竟然說：「才不是！還不是妳設的陷阱，我都
被妳騙啦！」

才不是！哪有！

親愛的啊囉哈

有人會說我的婚禮是一場夢幻婚禮，海島、教堂、白紗、浪漫……
不過在我心中，我覺得用「最好的婚禮」比「夢幻婚禮」還貼切！
我其實不是一個對於婚禮存有「夢幻」的人耶！我沒有一定要在哪
裡舉辦婚禮，也沒有一定要我的婚禮長什麼樣子，我覺得讓我們的
婚禮成為「最好的婚禮」，不是別的，是我老公的用心！

在討論要在哪裡舉辦婚禮的時候，我們曾經掙扎要在台灣還是在海
島？我覺得如果有機會的話，在海島好像不錯，浪漫又特別，至於
是哪一個島，我倒沒有設限。很巧的是，老公的專輯《我就是愛》
有一首歌我很喜歡，歌名是《親愛的啊囉哈》，那首歌的編曲帶著
夏威夷草裙舞風格，有烏克麗麗的清爽，聽起來很舒服，我就覺得，
去夏威夷好像不錯，而且我也沒去過！

決定到夏威夷後，我老公花了大約半年的時間籌畫婚禮，中間飛去
三趟，勘察結婚的地點、午宴、禮車、捧花、表演……一切一切的
細節。而每個細節都花了他好多心思。像結婚的地點，原本我們想
要在沙灘上舉辦，但是夏威夷最大的島——歐胡島上的沙灘都是公

共並且公開的，不能圍起來作為私人婚禮場所，老公覺得不夠隱私。

後來看到一個 Secret Island，雖然可以有隱私，但是交通不便，海灘也沒有歐胡島那麼漂亮，考慮好多選項以後，最後我們選定在 Hilton 的 White Beach Chapel 結婚，那是一個白色教堂，從新人的方向看出去，就是一片美麗的沙灘和藍色的海洋，有教堂的莊嚴，又有夏威夷之美。一切都很巧，在《親愛的啊囉哈》這首歌裡就有唱到「歐胡島上的教堂　你要作我的新娘　卡美哈美哈雕像　見證地久天長」，而我們最後真的就在歐胡島的教堂結婚。

老公是一個很盡力想要讓我幸福的人，有天他問我，結婚禮車想要什麼顏色的，其實我都可以，但如果可以選的話，那就粉紅色或白色。而他喜歡上掀式車門，所以他花好多時間在尋找一部理想中的禮車，但找遍夏威夷都沒有這樣的車，好不容易找到一台粉紅色悍馬車，超酷的！但是用悍馬車當禮車就沒那麼適合。後來輾轉找到一台白色的加長型禮車，而且就是他最想要的那種超帥的上掀式車門，那是夏威夷唯一的一台，聽說很多租車公司都還不知

道它的存在呢，硬是被我那用心的老公找到！

經過三次每次一週左右的場勘，在夏威夷完全已經熟門熟路，我老公開玩笑說他可以在那裡開婚顧公司了！後來，他到我們午宴的地點 Kahala 酒店時，看到酒店裡有海豚表演，順手拍了照片給我看，我真的很喜歡海豚，我覺得他們是很聰明、善良的動物，身體的弧度線條很美，要他多拍幾張照片給我。

結果——結婚那天我們到 Kahala 進行午宴的時候，三隻海豚就跳舞給我看了……

海豚表演原先是開放酒店裡的人觀賞的，而他硬是跟酒店要求，希望海豚只表演給他老婆看，所以花了好多錢，我好心疼，但是這些都是他的心意，而且，兩隻海豚跳起來，正好形成一個心型，真的很可愛，也很感動！

婚禮的任何細節，老公都要做到完美的境界，這就是他的個性，他在做一件事情的時候，不只結果要達到百分百完美，連中間每一個步驟也全部都一絲不苟，他的細心是到了連婚禮從頭到尾用的音樂，進禮車、出禮車、進場、午宴……各個環節的音樂都選好，歌

裡只要有一句歌詞稍微有一點悲傷的意思在裡面都不行，順序不對
也不行，所以我才說，這不一定是最夢幻的婚禮，但這對我們兩個
人來說，絕對是一場最用心也最好的婚禮！

前進、原地、恰恰恰

婚禮是一天的絢爛，重點還是日常，我非常喜歡我們平時的相處關係，我們的生活很妙，大部分是他在房間，我在客廳；他聽音樂，彈吉他或看演唱會找靈感，我則是在想舞蹈的東西，看跳舞的DVD，或是編舞，我們沒有常常膩在一起，可是知道對方也在這個空間裡，我們彼此都覺得很心安。

他是水瓶，我是雙子，正好都是喜歡獨立的星座，我知道水瓶很要求個人的空間，正好我很可以理解這一點，當我感覺到我老公想要一個人的時候，我會很尊重他地退到另一個空間，讓他留在自己的世界，我覺得這個互相理解又互相尊重的氛圍很美，我不一定要把他從他的世界裡拉出來。

反過來，當他也覺得我需要空間的時間，也會蠻體貼我的。我就喜歡他對我的尊重，當了媽麻之後，我仍然保持工作，因為我在婚前就對他說，工作對我來說很重要，尤其是跳舞，舞蹈成就了現在的我，讓我成為很活潑、很有自信、很快樂的女生，是舞蹈成就了劉真，它給我那麼大的養分，不能從我生活中被抽掉，他很能認同與

理解。

兩個人的相處，以舞蹈來說，就像跳恰恰一樣，你進一步，我退一步，後退、原地、恰恰恰；你退一步，我進一步，前進、原地、恰恰恰……兩個人都找到了共同的節奏感，就會覺得相處起來很棒。

不過，我們倒沒真的一起跳過舞呢！我們互相在工作上都是獨立的，我不會想跟他唱歌，他也不會想跟我跳舞，有趣的是，有時我在家練舞，他看到我的動作，很愛學我，他模仿能力又很好，做的動作都好像，老是逗笑我！

雖然我們不會一起工作，但是我們會彼此給意見，比如他拿著吉他在寫歌，他會唱給我聽，問我的意見。我會當他的歌迷，告訴他喜不喜歡，或我覺得哪段怎麼樣。有時我在家編舞，編教材，或想一些表演的內容，他也會給我意見，雖然我們彼此在對方的領域都不是專門，但是我覺得當你對某種藝術了解到一定程度，大概都可以聽出好壞，給點意見。

我們的人生觀、價值觀都很像，只有一點不太一樣，我是個很愛往外跑的人，比如連續假期保母休假，我們在家帶了幾天霓霓，保母

一回來我就會很想出門遛遛；但他是個宅男，他可以一個月都不出門也沒關係！

我看他一直宅在家，會問他要不要跟哥們出去聚會，別一直待在家，我覺得他跟哥們喝點酒聊天很好啊！而且我老公有一點我覺得很好，不管我何時打給他，一定找得到他，除非他正在台上演唱；而即使他在台上，下台也會馬上回電話給我，這點從我們交往到現在，一直都沒有變過喔，我很喜歡這種安全感！

Chapter 5.

最想和女兒跳的舞：
捧她在手心的華爾滋

對霓霓的小小期待

有天我給朋友看霓霓最近的照片，分享母女間的生活小事，朋友看了就說，霓霓是個很愛笑的小孩喔！

好像是耶～她有一張笑咪咪的臉，我們逗她時也很容易逗笑她。我是個有信仰的人，懷孕的時候我常會唸《觀世音菩薩普門品》，有一個說法是，唸普門品的小孩比較愛笑，菩薩會特別看顧這個小孩。

信仰讓我的心情穩定，我也希望我的寶寶是個性格穩定的寶寶。我對她的期待都放在個性上面，我希望她善良，正直，正面思考，還是一個很懂得分享的小朋友！至於其他外在的事，像是——她一定要會跳舞嗎？她一定要會唱歌嗎？這倒不一定耶！她喜歡什麼我都會盡量培養她，但不需要照誰的路去走。

不過我現在很喜歡和她跳舞，也期待等她大一點，會站，會走，我們就可以一起牽手轉圈圈。有時候我會抱起她，一隻手托起她的手，說：「來，媽麻帶妳跳華爾滋！」然後 1 — 2 — 3、2 — 2 — 3……踩著圓舞曲的步伐。

可能是遺傳或是在媽麻的肚子裡有感受過，跳舞的時候，霓霓很撒嬌，她會貼在我的胸口，然後頭靠著我，還會自己換邊。我記得，以前老師說過，跳舞的時候，男生不是架著女生，用架的會讓女生不舒服，而是要把女生捧在手掌心，像是捧在手心上呵護，而我覺得我現在就是把我女兒捧在手心，就像掌上明珠一樣的感覺。

所以我好愛在家抱著她玩，播放爸拔最愛的 Lionel Richie 的歌 Three times a lady，輕輕跟著一起唱：「Yes you're once twice. Three times a lady. And I love you……」然後 1 — 2 — 3、2 — 2 — 3……滑著優

雅柔和的三拍節奏，看著鏡子裡的我們，畫面好美，她又很小一隻，可以整個被我環抱住，真的是捧在手心呀！

我都已經想好，一定要帶她拍一組跳華爾滋的照片，還設計了好多pose，那將會是我人生中最美的一首華爾滋！

瘦身不求人

國標女王私房產後瘦身操

從手臂、腰部、臀部到大小腿，一氣呵成，
不但對瘦身有幫助，也可以讓肌肉恢復彈性，美麗又健康。
八個招式都很簡單易做，建議妳一次做整套，持之以恆，很快會有成果唷！

PS. 整個過程都要慢動作喔！

POSE 01 | 瘦手臂和背部

雙腳打開比肩寬，雙手上舉，手心朝內，吸氣，默數 4 拍。

邊吐氣邊往側面彎腰，默數 4 拍。

轉動腰部，臉部朝下，默數 4 拍。

雙手往下摸地板，注意膝蓋不能
彎，背也要打直，一樣默數 4 拍。

瘦手臂和訓練核心

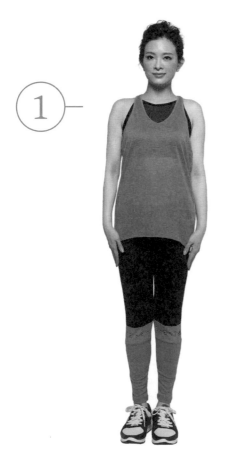

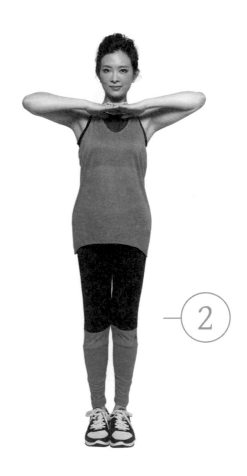

① 預備動作,手臂自然垂下,手心貼緊大腿外側。

② 雙手平舉到下巴的位置,手指交叉,默數 4 拍。

側面示意

脚尖墊起，同時手心向外翻，手臂往上提，貼著耳朵，停住 8 拍。

腹部運動

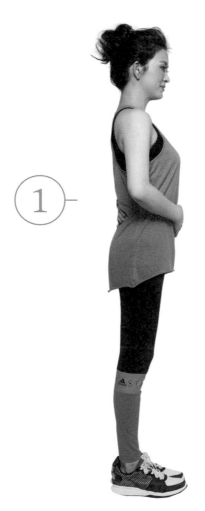

預備動作，一隻手心貼在前腹，一
隻手背貼在後腰，放在前腹的手要
保持在肚臍下面 3 隻手指距離的核
心位置。

腹部用力，臀部往前縮，膝蓋自然
往前，默數 4 拍。要感覺妳的肚子
和臀部是一起用力的。

瘦腰

① ─

預備動作，雙手自然上舉。

②

想像有呼拉圈在妳的腰上，手臂和
腰部同時畫圓圈，連續做 8 下。

瘦大、小腿

①

預備動作，雙手叉腰，弓箭步。

往前蹲，膝蓋不著地，默數 4 拍，再回到預備位置，這樣連做 8 次之後再換腳。
注意後腳大腿與小腿形成的角度保持 90 度。

瘦大腿外側

① 雙手叉腰，以腳尖輕觸地板。

② 膝蓋向正面提起，直到大腿和小腿呈現 90 度。

回到動作 1，腳尖輕輕點地。

膝蓋往外側提起，放下時輕點地。
回到動作 1。連續做 8 次再換腳。

瘦大腿後側和提臀

想像自己在跑步，右膝蓋往上提，左手舉起。

右腳往後踢，感覺大腿懸空上抬，帶動右手自然舉起。做 8 次再換邊。

側腰和後背運動

預備動作，雙腳打開比肩寬，手臂往外平舉，手心朝下，默數 4 拍。

右手往下摸左腳踝，左手隨著往
上，保持膝蓋打直，默數 4 拍。

換左手往下摸右腳踝，默數 4 拍。
左右互換連續做 8 次。如果手碰不
到腳踝，也可以改碰膝蓋或小腿。

玩藝 0045

1+1>2 劉真的幸福追愛記

作者	劉真
攝影	江鳥立夫
採訪撰文	陳憶菁
封面設計 內頁設計	季曉彤（小痕跡設計）
彩妝髮型	呂怡靜
服裝造型	Mia
責任編輯	施穎芳
責任企劃	汪婷婷
藝人經紀	吉帝斯整合行銷工作室 任月琴（0939-131-404）
董事長 總經理	趙政岷
總編輯	周湘琦
出版者	時報文化出版企業股份有限公司
	10803 台北市和平西路三段二四〇號二樓
	發行專線　　（02）2306-6842
	讀者服務專線　0800-231-705、（02）2304-7103
	讀者服務傳真　（02）2304-6858
	郵撥　1934-4724 時報文化出版公司
	信箱　台北郵政 79～99 信箱
時報悅讀網	http://www.readingtimes.com.tw
電子郵件信箱	books@readingtimes.com.tw
第三編輯部 風格線臉書	http://www.facebook.com/bookstyle2014
法律顧問	理律法律事務所　陳長文律師、李念祖律師
印刷	詠豐印刷股份有限公司
初版一刷	2016 年 12 月 16 日
定價	新台幣 399 元

1+1>2 劉真的幸福追愛記 / 劉真
著. -- 初版. -- 臺北市：時報文化，
2016.12
　面；　公分. --（玩藝；45）
ISBN 978-957-13-6844-3（平裝）

855　　　　105022093

特別感謝　PGL 寶嘉利得股份有限公司 PRO-GRADE LEADER CO.,LTD　Lytess 吳蕾特麗 Director of Cosmetoteztile
ATORREGE AD+、CELCURE、Grace Program、Motherlove、WMM

封面服裝　athe vanessabruno

服裝提供　athé vanessabruno　ART HAUS　apm MONACO　・Khieng・ ATELIER　STUART WEITZMAN

NOL Corp.

NOL CORPORATION CO.,LTD.

日本原裝

甜蜜之家 居家造型沐浴香氛

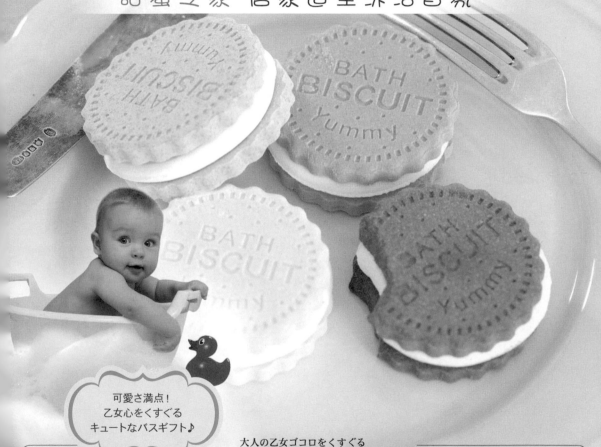

可愛さ満点!
乙女心をくすぐる
キュートなバスギフト♪

大人の乙女ゴコロをくすぐる
スウィーツな入浴料。

凡爾賽
氣泡香檳沐浴組

英式佳釀
香氛沐浴劑

奶油夾心餅乾
泡泡沐浴球

造型馬卡龍
泡泡沐浴球

造型棒棒糖
泡泡沐浴球/香皂

Serena Liu

Serena Liu

Serena Liu

Serena Liu